U0941626

百年百部故事经典

八大奇人

纪富强 著

四川出版集团　四川人民出版社

图书在版编目（CIP）数据

八大奇人 / 纪富强著．-- 成都 ：四川人民出版社，2014.1

（百年百部故事经典）

ISBN 978-7-220-08985-5

Ⅰ．①八… Ⅱ．①纪… Ⅲ．①故事-作品集-中国-当代 Ⅳ．①I247.8

中国版本图书馆 CIP 数据核字（2013）第 222931 号

八大奇人

纪富强 著

责任编辑	韩 波 谢 寒
装帧设计	刘俣斌 张翠娟
责任校对	秦 璇
责任印制	王 飞
出版发行	四川出版集团 四川人民出版社 （成都槐树街 2 号）
网 址	http ://www.scpph.com http ://www.booksss.com.cn E-mail ：scrmcbsf@mail.sc.coinfo.net
发行部业务电话	（028）86259459 86259455
防盗版举报电话	（028）86259524
印 刷	北京楠萍印刷有限公司
成品尺寸	155mm×218mm
印 张	14
字 数	144 千
版 次	2014 年 1 月第 1 版
印 次	2014 年 1 月第 1 次印刷
书 号	ISBN 978-7-220-08985-5
定 价	23.80 元

前言

中华文化数千年传承沿袭，故事作为重要载体功不可没。从人类开始用语言交流起，故事传播就开始了。从茶余饭后的口耳相传，到书肆茶坊的讲史说书，“嫦娥奔月”、“牛郎织女”、“三国”、“水浒”等故事，就这样家喻户晓，代代相传。随着社会文化的发展，故事逐渐进入文学创作，形成一种独特的文体。

新中国成立以来，故事报刊迅猛发展并逐渐成为各原创类文学期刊中发行量最大的门类之一。但故事图书的出版相对滞后，远远满足不了我国文化建设的需求。在这种背景下，我们策划编纂了《百年百部故事经典》丛书。

《百年百部故事经典》是中国原创故事作品和故事家的集大成出版工程，旨在“传承文明、推崇作家、推出精品”。书系既囊括了鲁迅、胡适、郁达夫、许地山、赵树理、鲁彦、穆时英、汪曾祺、陈忠实等名家的故事作品，也收录了范大宇、赵和松、丰国需、崔新三、吴帮国、顾文显、黄胜、王兴莱、梅永远等中国当代主流故事家个人作品单行本，跨越百年，精彩纷呈，展现了中国最有实力的故事家的故事构建与社会观照。

《百年百部故事经典》入选故事篇篇精彩，或是从一开始就紧紧抓住读者的神经，继而移步换景、欲拒还迎，直至将“包袱”抖出，令人拍案叫绝；或是平铺直叙却暗藏玄机，请君入瓮，让人感慨万分……故事虽为文学创作，却像一面面镜子，将人类的爱、恨、情、仇，社会的美、丑、善、恶映射在读者面前，全方位地展现社会各色人物的生活状态及内心世界，而在闹热之后留给读者的，还有一个个令人警醒的哲学命题和人间至理。

玻璃为镜，可以正衣冠；故事为镜，可以照心扉。《百年百部故事经典》的编辑出版，不仅对促进故事文学的创作有着积极的作用，也必将在不断实现艺术创新与文化繁荣的进程中，对滋养国人心性、培育中华民族未来一代健全的精神性格、文化心理、国民素质产生潜移默化的巨大作用和深远影响！

作者简介

纪富强，中国作家协会山东分会会员，曾在《故事会》《金故事》《上海故事》《山海经》《故事林》《古今故事报》等刊物发表故事一百余篇。其作品被多次转载并入选年度选本，部分作品还被改编成电影、电视短剧和小品，曾被评为“全国最受中学生喜爱的小小说作家”、“最受读者喜爱的故事家百强”、“新世纪小小说风云人物榜·新 36 星座”；曾获新浪网“继续文学”中篇小说奖、全国微型小说新世纪征文大赛一等奖、中国（郑州）小小说学会优秀文集奖、《小小说选刊》全国佳作奖、《百花园》年度原创大奖、首届齐鲁金盾文学奖、冰心文学图书奖、中国第五届侦探推理小说大赛全国最佳新人奖，出版作品集八部。

目　录

八大奇人

唐朝天宝四年的正月十五，坐落在云南洱海之畔的唐朝藩属小国南诏国，忽然广发英雄帖招贤纳士，一时间，引起各路奇人异者、草莽英雄、绿林豪杰的莫大兴趣。

发出这张帖子的主人，正是南诏国新即位的第五世王阁罗凤。

英雄帖的内容大致是，新王甫政，天下风起云涌，为匡扶正义、安邦定国、守卫疆土，外加抵御吐蕃，现诚招天下各路英雄豪杰。帖子末了还详细写明：凡来应招者，身份资历一律不限，一旦被王府征召录用，从此可锦衣玉食、封官加禄、享尽荣华！

此帖一出，在江湖上刮起一阵强烈飓风，甚至引得远在大唐国都的许多能人志士也纷纷前来参加应聘，当然南诏国境内的能人高人更是争先恐后，唯恐新王的英雄帖朝令夕改，白白失去了难遇的良机，断送了自己的大好前程。

草莽江湖，自古以来便是藏龙卧虎、枭雄辈出。

果不其然，一连数月，三教九流出入王府者如过江之鲫，数不胜数。

在新王阁罗凤府邸威严高耸的大墙之内、校场之上，终日传来兵刃器械铿锵之声。苦战数月，最终有八大奇人被先期留用，但被兵士每日抬出府邸的尸体却堆积成丘。

世人无不唏嘘：此八人非有盖世武功与惊天绝技不可。

的确，八人确实各怀绝技，他们分别是：

滚石匠楚天通。此人臂力过人，可单手擎起千斤巨石并掷出三十米开外，素日里使得一双天马流星锤，飒飒风啸，气势雷霆，足可以一当百，战无不胜。

第二奇人，乃飞叉将朵母苏积。此为彝族异士，飞檐走壁身轻如燕，双手看似空空如也，实则浑身藏满锋利飞叉，转瞬间衣袖翩跹，飞叉早已命中敌人要害，取对手性命于股掌之间。

第三人为义军首领，胖韦陀司马啸天。此人脸大、嘴大、脚大、身手大，最大的是肚子，“层峦叠嶂”酷似弥勒神佛，然大嘴翕合吐纳之间，腹中迅速涨成满弓圆鼓，吐纳起来刹那间飞沙走石昏天暗地，纵使敌数再众也实难全身而退。

第四人为境内东土忍者吉丘散。此人潜水打洞钻土令人叹为观止，且精研点穴术，令敌手看不清来路、分不清招数、寻不到踪影，出其不意间闪电出手毙敌当场。

第五人名段天赐，使一手密不透风的索魂枪，舞至兴起枪身如泣如诉，枪头化作漫天飞雨点点星光，杀伤力极强。

第六人楼白手，堪称是位国色天香的妩媚巾帼，特别是眼神过处勾魂摄魄，白皙无瑕的一双玉手十指尖尖，弹拨得一手好琴。那琴也不寻常，乃曾是专为大唐长安宫殿演奏过宫乐的奇器“凤头船”，琴本身像极一条乘风破浪昂首远航的大船。琴声起处，凡人听闻，无不心旷神怡，飘飘欲仙。与此同时，琴首凤头突然射出璀璨夺目的硫黄弹，中者粉身碎骨，死无完尸。

第七、第八人分别是两支草寇的大王，一个叫花青，虽是五短身材但武功深不可测，下毒术更是十分了得，能杀人于无知无觉；另一个名盖天，身高九尺，擅长用兵及火术，纵使面对千军万马，轻轻口吐莲花便可火烧连营，杀人如麻。

此八人经过了层层打拼，重重屠戮，直杀得南诏国考验招贤的军士横尸遍地，狼狈鼠窜。尽管如此，南诏国第五世新王阁罗凤仍是看在眼里，喜在心上。随之急不可耐地颁布敕令：此八人各赏黄金白银千两、绫罗绸缎千尺、稻米粮粟千斗。

消息一出，举世哗然。

有人称赞阁罗凤为保家卫国确实求贤若渴，不惜本钱，同时又能做到诚信守诺，厚报来者，实在是难得的明主，从此南诏国必定会更加兵强马壮，繁荣昌盛。

但也有人为此感到十分担忧，现在的南诏国虽与大唐关系融洽，世代修好，但那是每年以厚重的贡品和无数的美女做担保，说不准哪天唐王一不高兴翻了脸，小小南诏国又怎是敌手？所以南诏国万万不能太招人耳目，如此大动干戈地招贤，势必会引起大唐官员的注意，况且南诏国此番招贤，实际上招到的只是草莽流寇，且人数太少，根本无法形成气候，故此举实在有欠考虑……

议论归议论，但南诏国的英雄帖继续张贴在管道驿站，且无时间限制，任何身怀绝技者，无论何时仍可随时前来一展身手。

且说留下的八位高人天天声色犬马，锦衣玉食，无不对新王忠心耿耿，感恩戴德。一转眼就到了三月十五，阁罗凤突然下诏面见众位。八人连忙收拾停当，跟随宫女一路入宫。

众人一见新王阁罗凤，都不禁暗暗吃惊。阁罗凤贵为新王，但丝毫不见娇贵造作之气，相反其面色红润，身材傲岸，气宇轩昂，衣饰华美，腰间还佩有一块通体泛绿且呈螺旋形的玉石，一看就知道是价值连城的洱海绿螺王，十分匹配主人的身份气质。

没想到阁罗凤说起话来更是朗爽："众位高人，既已是我南诏国贵宾，就需时刻为我所用。实不相瞒，本王求贤纳士既不是让你们领兵出战，也不是命你们戍卫边疆，实在是另有隐情。"

众人听闻，正愁身怀绝技无用武之处，当即纷纷表示誓死为新王效力。

阁罗凤顿时眉目舒展，朗声大笑，连声说好。然而忽然脸色一变，刚才还很舒展的一张脸，登时变得阴霾重重。阁罗凤语气低沉地斥退左右，背身缓缓道：

"其实本王叫你们来实是出于无奈，另有要事安排！大约在半年前，本王忽然收到一张密帖，起初以为是玩笑，没想到帖子上的事情开始一一应验，而且，本王每月都要有担惊受怕的一天，长此以往已成心病，我请众位来实是要为我铲除心腹大患。"

阁罗凤面色凝重地继续说道："所谓密帖是一个自称飞天神

鼠的人所发，他声称平生最大的爱好就是杀人噬血，并扬言每月月圆之时都要到我府邸来要人。此人武功奇高，来去无踪，杀人无形，据说还统领不少贼寇党羽，如今我宫内准备的死囚早已用尽，今夜眼看那飞天神鼠再来宫内要人，难道非要本王残杀自己的同胞不可？”

八人直听得咬牙切齿，热血奔突。

阁罗凤又道：“现在我即为你们设宴送行，飞天神鼠会在今夜子时准时出现在我清了宫府邸院内。决战在即，不知众位谁能为本王率先出战？”

众位听言，自是争先恐后。最后商定还是按年龄分出次序。

率先出战的是通天怪盖天。

阁罗凤举杯先饮，再次朗声道：“如本王不幸损兵折将，望众位誓死按序出战，保我南诏国颜面！”

八人听闻齐吼“遵命”，直把宫殿飞檐尚未融化的积雪震飞崩散大半。

子夜时分，正是月圆之时。

几条黑影身轻如燕，飘然跃进清了宫。通天怪盖天在黑暗中发出一声轻蔑的嘲笑，黑影听到立即向这边逼近，然而伪装成一根撑天巨柱的盖天忽然手脚并用，像抓鸡仔一样转眼就将来者抛到宫墙下，随后口中吐火，将之烧得片甲不留。

盖天正望着一堆焚烧的尸骨轻笑，不料背后猛然袭来一阵凉气，由于身高体胖转身慢了半拍，盖天回过头来时只看见一条黑影倏忽已飘逝远去越过宫墙，留下一把长刀早已将自己背胸贯穿。盖天惊恐地抬起头来，眼中饱满的月光一时幻化成漫天飞雨倾泻而下，随之庞然巨体也重重仰面栽倒。

那条黑影刚刚跃出清了宫，却生生被一管银枪原路逼回。枪神段天赐枪尖点地纵身逼近，一时间刀枪相接，乒乒乓乓，枪头飞若闪闪流星，刀舞如迢迢银河，段天赐或许是平生第一次遇见如此敌手，举枪刺出二百余招仍无法与对手分出胜负。突然，段天赐一个抖腕儿虚晃，转身跳上屋脊，对方以为其落败，仍然使出刺杀盖天的那招黑虎穿心，将手中弯刀顺势向段天赐掷去。

哪料段天赐早有防备，转身用枪杆甩掉势头刚劲的弯刀，倏忽枪头如开弓射出的利箭，嗖的一声就将对方钉在地上。

段天赐从屋檐下轻轻跃下，正要扯开死者的黑色面纱，脖颈处凛然一紧已被一条铁索勒住喉咙。段天赐回身扫枪就刺，却难料对手远在一丈之外，枪头远远无法够其皮毛，反倒是对方手中绳索越拉越紧。突然黑影腾空跃起，翻身跃上府墙，段天赐脖子上的死扣就被陡然拉紧，身体砰的一声撞上院中假山，像个布口袋被垂挂而起，暴胀的舌头豁然吐至下颚而亡。

那黑影见绳索尽头的气力已散，正欲从宫墙上跃走，哪料到身体僵硬如铁，已丝毫无法动弹。与此同时，黑影像见鬼一样发现了突然从宫墙转头里冒出的吉丘散。原来，黑影全身穴道早已被瞬间点死，只差最后的死穴。

黑影眼见吉丘散一步步走近，慢慢伸手就要揭开自己的面纱，一股烟尘随风而至，黑影与吉丘散立时双双摔下宫墙，黑影人顿时骨头碎裂，吉丘散更是七窍流血而亡。

烟尘随风而逝，圆满的月盘将来的黑影人照成一支剪影，此黑影人兀自伫立于清了宫飞檐之顶端，宛如一只孤独岑寂的黑鹤，襟袖翩翩，飘然若仙。

突然，随着半空里一声暴喝，一张巨网铺天盖地撒向黑影，黑影飞身躲过同时襟袖抖动，空气中立时烟尘四起，剧毒弥漫。而令黑影人绝然想象不到的是，就在剧毒的烟尘之中，撒网之人硬是不畏不惧突然现身将其死死抱住！

黑影气急败坏，怒声嘶吼，难道你是厉鬼所变？来人当然不是厉鬼，而是毒王花青。既然不是厉鬼，花青当然也怕剧毒。实际上花青眼见来犯者越来越多，武功也越来越匪夷所思，转瞬间隐藏在清了宫的八人已毙命三位，花青深知今夜难逃噩运，与其被杀不如甘愿冒死上阵，与敌同归于尽还能博得身后名声！

其实，众人中恐怕也只有花青才知道眼前这位黑影人，一定是当年叱咤江湖三十余载最后惨死在自己师父手下的施毒圣手管秋水的弟子，而这黑影人所用的招式和毒气太过邪异，花青猜测这正是江湖中只闻其说始终难得一见的施毒绝技“驾鹤乘风”！

“驾鹤乘风”堪称江湖中所有毒家的至尊招数，所用毒物鹤顶红加南诏国边陲喜马拉雅剧蟒寒毒更是天下难求，绝无解药。当年名震江湖数十载的毒王管秋水闭关钻研数年始终未能成功，想不到如今被其弟子炼成。

“驾鹤乘风”招式一出，天下实在无人匹敌。难怪东土忍者吉丘散一招之内便已毙命！但今夜黑衣人万万想不到的是，以前之所以无人能破解和躲得过“驾鹤乘风”，是因为人人都想破解它或者求生保命。哪料此时花青乃是冒死上阵，在他死死抱住黑衣人的同时，其身上各种奇毒也早已同时打入黑衣人的五脏六腑。

寒风猎猎，皓月当空，远远望去两人紧密相拥，互为犄角，其实已双双毙命。唯留空气中还飘摇着尚未散尽的剧毒烟尘。

突然，天地间霎时浑噩颠倒，飞沙扬石，一股强烈气旋平地拔起，伴随着巨大的一声尖唳，整座清了宫摇摇欲坠，数十根巨椽吃力地发出咔咔的断裂声，院中高耸的假山轰然倒塌，周遭成片的参天大树骤然倾倒。

胖韦陀司马啸天挺着大肚，立于清了宫院子正中，此时身边一对数千斤的石头狮子被其吐纳出的气流吹出二十米开外。司马啸天平生战役无数，通常发出一声长啸后就能结果所有对手，但今夜司马啸天眼见情势越来越危及难测，丝毫未敢怠慢，一声长啸接一声，三声长啸连绵不绝，这也是他的平生绝学“赶尽杀绝”，此招过后，整座南诏国清了宫内除去宫殿依稀尚存，其余蝼蚁亦难偷生！

墙壁上、廊檐角、树丛内、水池中，陆续有暴毙而亡的黑衣尸首现身。

然而，胖韦陀司马啸天错就错在此招“赶尽杀绝”上。长啸三声过后司马啸天已然耗尽了所有气力，当他正待吸进满满一肚气息做修养调息之时，却发现肚皮上趴着一只手，确切地说是一只铁手。铁手虽乃铁做但却像人手一样灵活凶狠，突然抖动开合，司马啸天的肚皮中间已破开一个血盆大口，司马啸天立时像只消了气的皮球，扑通一声跪倒，矮下身去。

抓破了司马啸天的铁手完成使命，正戴着鲜血淋漓的皮肉飞旋起来准备返回寻觅主人。说时迟那时快，一把金光闪闪的飞叉像长了眼睛一般将铁手钉进宫墙！

被钉进宫墙的铁手兀自仍做殊死挣扎，黑暗中的朵母苏积将眼睛瞪得极大紧紧盯着那只似曾相识的铁手，浑身突然开始急遽地战栗。随后，朵母苏积就像个疯子似的跑进清了宫大院，正想呼喊出声，却听迎面风声呼啸再次飞来一只铁手！

朵母苏积浑身上下藏有不止百发飞叉，但朵母苏积再未作出任何反应，像是突然中蛊，任那只铁手不偏不倚将其心脏掏出来飞回到主人手里。

朵母苏积心虽离开躯干，但眼眸中的惊恐丝毫未见衰减。他看到的是一个与众不同的黑衣人，二十米开外，在那片此前被胖韦陀司马啸天摧倒的尸群中，有一个人还活着，那是一个没有双耳的黑衣人。

朵母苏积还想呼喊什么，却气力不撑，口喷鲜血猝然倒地。

此时，黑衣人也像发现了什么难以想象的事情，嘴中念念有词地蹒跚而起，正欲向前走看个究竟，却正被从天而降的一块巨石砸成了一摊肉泥。

滚石匠楚天通用来砸死无耳黑衣人用的正是胖韦陀司马啸天此前曾吹走的一座石狮子。此时他手里仍擎有另外一只，上千斤重的石狮子在他手里俨然像个毫不起眼的玩偶。

楚天通擎着狮子孤独地逡巡在院子里，一边走一边痛骂不止，大声辱骂挑衅，想急于把手中的石头掷出去，然而回答他的，只有满院密布的死尸和天上清冷的月辉。

良久，年龄最小的楼白手缓步而出。面对手擎石狮狂躁不止的楚天通，楼白手苍软如纸的一句话几乎将其打入十八层地狱。

楼白手道："我们都错了，这是一场骗局！"

说完，楼白手示意楚天通放下手中的石狮子，去推开方才掷出去的石狮子，虽然出现在石狮子下的是一摊肉泥，但楼小白还是很肯定地说道："这真是一场骗局！"

原来，身为唐人的楼小白此前并不知晓南诏国招贤一事，而是在飞叉将朵母苏积居住过的彝人村落里打尖时听朵母苏积说起，才与之结伴前来。就在进宫比武前夜，楼小白曾听飞叉将朵母苏积说起过，他还有一个同胞兄弟封府库克远游未归，那人自幼顽劣，为拜师学艺曾自割双耳，终于学成一门"铁手游龙"的绝技独步洱海边陲。

楼白手面对吃惊的楚天通道："死在你手下的这摊肉泥，就是朵母苏积的同胞兄弟封府库克！"

"那封府库克就是飞天神鼠？"楚天通的心窍此时一点也不通。

楼白手摇摇头，凄惨一笑："绝无可能！躺在这里的人有哪个武功比他低？会甘心受其驱使？就凭他，怎值得让堂堂南诏国君王牵肠挂肚？"

楚天通更加糊涂，难道是封府库克在远游时被飞天神鼠制服，而死在这里的所有黑衣人都是飞天神鼠的爪牙？

楼白手正在沉思，无意间抬头，眼中却出现了极为骇人的一幕！此前大如玉盘的满月此时竟被一个黑衣人骑在胯下，黑衣人披风摇曳，驾月而栖，天幕顿时漆黑一片，而清了宫院落却被映得金碧辉煌。

楼白手与楚天通这才发现，此前的圆月只不过是一只巨大的镀满了荧光金粉的竹筝！黑衣人一落地，楚天通抓起石狮再欲抛掷，黑衣人手指轻弹，并不见有任何兵刃发出，楚天通已惨叫跌倒，被石狮砸断了肋骨，然黑衣人并不就此放过，抢前一步咔嚓一声折断楚天通的脖子，张口就开始撕咬吸食，眨眼工夫楚天通已化成一堆连筋带皮的骨头。

飞天神鼠！

楼白手惊慌失措中一个箭步蹿上屋檐，兀自将手中的“凤头船”拨弹得密如疾雨，刹那间硫黄弹倾巢而出，如漫天飞花射向飞天神鼠。

却见那飞天神鼠轻飘飘驾月腾空，轻易间躲过那些漫天流弹，胯下那盏荧光圆月却突然变作利器夹风带响横扫而来！

圆月如刀，锋利的边缘仅是擦过楼白手白皙的脖颈，“凤头船”的琴音便戛然而停。楼白手临死前最后一眼看到的，恰恰是黑衣人腰际悬挂的那块通透无瑕的绿螺王。

飞天神鼠俯身抱起楼白手的躯体，轻轻抖掉脸上的黑巾，正是南诏国的新王阁罗凤！阁罗凤张开血盆大嘴慢慢吸干楼白手的血液，忽然仰天大笑。

随之，清了宫里立即冲进大队南诏国士兵，高呼万岁。

原来，这一切厮杀只不过是阁罗凤一人的圈套和布局。阁罗凤继位不久，正值民间哀怨四起，江湖中各路枭雄层出不穷，加之大唐不断加税，吐蕃伺机进犯，阁罗凤担心南诏国命运危在旦夕。因此率先迎合大唐加税，承诺让地抚慰边关蛮人吐蕃，进而对江湖义士和草莽英雄假意招贤，实则暗中以铲除妖孽飞天神鼠的名义挑拨几方互相残杀，剪除异己。

另外，阁罗凤即位前曾深研江湖各路武功及毒蛊艺技，聪明绝顶的他闭门独自修炼而成绝学神鼠吸血大功，后自称飞天神鼠，每隔数日必吸进新鲜精血方可维持功力，而且越是吸食武功高手的精血就越舒筋活血功力倍增。

阁罗凤望着清了宫内山呼海啸的士兵，沉浸在排山倒海的狂喜中。而那盏他腾空驾驭并杀掉了楼白手的荧光满月，此时也在猎猎寒风中沉浸在激动兴奋中，只见那满月在沸腾的人浪间飞、跳、划、闪、跃、翻、转，缓时如凌波微步，急时若刹那流星。突然满月在空中舞出一个夺目的光弧，像道一闪而逝的刀光划过阁罗凤的胯下瞬间消失于茫茫寰宇，徒留阁罗凤冲天而起的一声惨叫划破长空。

从此以后，南诏国第五世王阁罗凤乃是阉人成为路人皆知的秘密。而那盏荧光满月之所以能狂舞袭人，传说正是楼白手死前从未外漏的绝技“凤头船音”杀手锏，斯人已逝，然其未了的音律仍可操纵器械挫敌于无形。

也正是因为南诏国第五世王阁罗凤是个众所周知的阉人，五年后的天宝九年，大唐离南诏国最近的行政府衙姚安都督张虔陀，得以与阁罗凤的美貌妃子岩炎私通。阁罗凤发现后冲冠一怒杀死张虔陀，领军率先向大唐发起挑战，凭借其盖世神功一路摧城拔寨，并再次施展神鼠吸血大功斩杀了唐朝名将李陀，吸干了李陀精血，杀光了李陀所带十万兵将和随行女眷，直染得洱海一带“血流成川，积尸壅水”。

十五年后的中秋之夜，早与大唐和吐蕃重修旧好可谓功成名就的阁罗凤忽然从梦中惊醒。他梦到消失多年的美貌妃嫔岩炎竟从一盏金黄的圆月中款步而出，对其轻声细语：“荣华富贵，怎比鱼水之欢；万顷国土，哪堪菩提之身？”

阁罗凤走出宫殿，仰头望着天庭外饱满的圆月，自忖一生虽然英雄，但无辜杀戮实在太多，遂举掌自毙于清了宫苍松翠柏下。

自此，南诏国无人继承王位，渐渐没落衰退，直至彻底从地理版图上消失。

自杀与自首

1

大雪缤纷，飞丹市公安局110指挥中心的报警电话骤然急响。值班民警吴莉迅速接起电话，听到的却是一阵微弱的话音：

“是警察吗？快……救我！我……不行了……”

吴莉说：“请你大声点，发生什么事了？你在哪儿？”

对方回话愈加微渺：“我在彩虹大桥底下，快来救我……”

突然，通话中断了。吴莉赶紧回拨过去，听筒里却传来电话已经关机的答复，看来像是手机没电了。

人命关天，吴莉深感案情重大，遂急忙通知城区特警中队火速出警！

警车鸣响着警笛一路赶到彩虹大桥，民警的眉头立马皱起老高。

这座在当地非常有名的彩虹大桥横跨黄河两岸，连接两个地市，是座长度足有三千五百米的斜拉式铁索大桥。

此时此刻，正值严冬，桥下冰冻三尺，很难迅速找到报警人的出事地点。特警中队中队长韩中海只得命令民警们打开强光手电筒，沿着桥面展开地毯式搜索！

随着时间一分一秒地流逝，韩中海心急如焚。正当他手里的电筒光就要因为缺电暗淡下来时，他忽然看到侧前方的桥底下有一摊黑乎乎的东西似在隐约蠕动着。

韩中海立即带领民警向这边集中！命令朝一个方位打开所有强光手电筒，结果发现那正是一具坠落桥下的人体！

警情就是命令，时间就是生命，韩中海蹙着眉头一想，为尽快拯救受害人，节约宝贵时间，应立即用绳索将民警吊下桥去，就地施展营救！

2

然而，救援方案受到了特警中队新任指导员肖利的坚决反对。

肖利年龄不小了，头发也已花白大半，他手指桥下冷峻地分析：“大家都看到了，那个人显然还活着，救援还有时间。然而他下半身已经浸入水里，也就是说冰面早已破损，如果让民警轻易就地施救，很可能会进一步踩塌冰面，致使受害人彻底落水，更严重的还会使救援双方都遭遇生命危险！”

韩中海担任特警中队中队长也已十多年了，要说他亲身经历的救援次数甚至比一般民警的警龄都长。当然这十多年里，他也有和副手意见相左的时候，但大多数情况下，身为一把手的他都在危急时刻做出了正确的决断，从而成功解救了受害人。

可这一次，不知为什么，韩中海竟有点犹豫。倒不是因为提出不同意见的是有些资历的指导员肖利，而是他在冥冥中感觉这个报警人有点奇怪！

正当他力图排除掉脑子里的所有杂念时，特警队员中有一个人站了出来，韩中海定睛一看，是他的得意助手徐民。

徐民入警六年，身手矫捷，功夫出众，曾多次出色地完成过各类抢险救急任务。他这时候站出来，无异于给韩中海吃了一剂定心丸。

“队长，事不宜迟，让我下吧！”

徐民主动请缨，正好解决了韩中海和肖利的分歧。

韩中海瞪了指导员肖利一眼，不知为什么，他感觉和肖利在出警配合上似还有些不够默契，这让他感觉别扭，要知道有时候救死扶伤根本容不得半点犹豫！

韩中海在心底果断地下了那个决定，命令队员们立即将徐民用绳子捆好，慢慢吊下彩虹桥，一旦在中途发现意外情况，一定要迅速将绳索往回拉，确保特警队员徐民的生命安全！

徐民不愧艺高胆大，只见他沿着绳索嗖嗖下到桥底，用双脚迅速试探了一下冰面的承载力后，立即接住桥上放下的另一股绳索，并探手探脚向报警人靠拢。

越是靠近报警人，冰面的松动声和断裂声也就越大，以至远在彩虹大桥上紧抓绳索的民警都听到了，一个个的心都提到了嗓子眼儿。

3

整个救援过程，韩中海两眼始终紧盯着冰面上那慢慢浮动的两个黑点。雪越下越大，他的两条眉毛都花白了，却丝毫不敢眨一眨眼。

有那么一瞬，那两个黑点似乎一下子消失了，消失在白茫茫的冰河之上，而紧接着，他们又在视线里出现了，像在遥远的雪山谷底微微蠕动着的蚂蚁。

良久，只听深深的彩虹桥下传来徐民浑厚的大吼：“拉！”

韩中海和特警们立即手脚并用，扯天的号子响彻寰宇……

警车鸣笛，载着两个像从雪山谷底的冰窟窿里“升”上来的人，飞速驶向医院。

救援相当成功，徐民只是手脚有点冻伤，而报警人仍在重度昏迷中。

然而，一向敏感心细的韩中海并没有因为出警结束就放松了警惕。他一直在心底怀疑，怀疑那个失足者也就是报警人是怎么掉到路宽栏高的彩虹桥下去的？

看伤势，报警人的大脑摔得很严重，也许一切疑问只能等到他苏醒之后才能解释。

可事情偏偏朝着另一个方向发展，医院很快传来了噩耗：报警人因为摔伤和呛了冷水，医治无效宣布死亡！

韩中海得知这一消息，非常遗憾和沮丧。

他一边安排特警中队内勤小王整理了救援材料，向局里汇报和备档，一边向前来采访的媒体记者发放。

不过，他还同时安排了两名民警继续追查死者的身份来历及死亡前的相关活动。

4

《飞丹晚报》在头版显要位置刊发了特警队员们英勇救援的事迹，此后特警队员很快就接到了一个重要电话——有人称看到报纸上的死者照片后，认出了死者就是团圆店街道办事处的职员李小东。

打电话的人还声称自己和李小东是朋友，出事前的那几天，他就发现李小东情绪低沉，问起来，李小东说他刚刚离婚了。

接完电话，韩中海感觉心中的疑问初步找到了答案：

原来报警人李小东是因为离婚导致情绪失控，从而选择了跳桥自杀。而当他跳下彩虹大桥后被厚厚的冰层摔成重伤，并且下半身陷落在破损的冰水中，上下不得自杀未遂，之后他开始觉得后悔，萌生了想继续活下去的念头，于是情急中拨打电话报警寻求救援。

然而，这只是推断，身为一名警察，韩中海自知需要的是铁板钉钉的证据。于是，他亲自带领民警来到了团圆店街道，对李小东的身份、家庭情况、日常表现一一进行了核实，结果与已掌握的情况基本相符。

韩中海心中的疑惑终于解开了，返回途中心情轻松，并特意邀请辛苦的民警弟兄们吃饭。

大家高兴得手舞足蹈，选中路边一家川菜酒楼鱼贯而入，落座时韩中海发现功臣徐民没跟进来，刚要发问，腰间的手机响了。

徐民在电话里请假："对不起队长，我家里有点急事，欠我的酒改天再补一次吧？"韩中海听了笑骂道："臭小子，你先忙，下次就下次吧，有的是机会，可别忘了及时归队！"

5

特警队员徐民给队长韩中海打完电话，其实并没有回家办什么急事，而是紧接着又拨了一串号码。

电话接通了，里面传来了一个老妇的声音："喂，谁啊？"

徐民说："干妈，是我，民子。秋艳的仇已经报了，你就放心吧！"

老人说："民子，你可千万不能胡来啊！"

徐民说："你放心，干妈，我知道自己是个警察，等我把孩子安排好了，就去自首！"

……

一个月后，韩中海的案头接到了一封长信。信中详细讲述了一个缠绵凄婉的悲情故事：

出生在造纸厂大院里的徐民，自小有个青梅竹马一起长大的伙伴门秋艳，两个人从上学一直到大学毕业，出双入对，素来是一对人人羡慕和祝福的璧人儿。

可人是会长大的，长大后的很多想法是会变的。天生丽质的门秋艳变得爱慕虚荣嫌贫爱富，最终竟喜欢上了父亲是区长的李小东。

殊不知，李小东不只是个吃喝嫖赌的纨绔子弟，而且还有些人格分裂，经常借酒虐待门秋艳。

门秋艳在绝望中回念起徐民的种种好处，却又自感无法倾诉无颜面对徐民，不忍破坏徐民已有的家庭，最终以死相逼与李小东离了婚，之后就从彩虹桥上一跃而下……

那次紧急出警负责打捞门秋艳尸体的，恰恰正是特警中队队员徐民。后来，徐民就经常去看望门秋艳的家人，并认其母亲为干妈。

6

信中还写道：

一个月前的那个大雪之夜，特警队员徐民上夜班，在路过人迹罕至的彩虹桥时，无意中发现喝得烂醉的李小东正醉醺醺地拥着一个艳丽的女子在桥栏上亲吻，眼明心细的徐民看到那女子，立即想起那是队里搞清查时曾处理过的一个卖淫女！

徐民顿时感到怒火中烧，李小东曾经拥有过门秋艳那么好的女人却不知道珍惜，现在竟堕落到跟卖淫女鬼混在一起！

暴怒之下，徐民大吼一声“李小东”，就冲了上去！

卖淫女抬头看见徐民当即吓得逃之夭夭，而李小东却与徐民在桥栏上推搡起来。

原本徐民只是想教训一下李小东的，然而李小东酒后无赖十足，连连抓破了徐民的脸和脖子，徐民愤怒地狠狠推了李小东一把，没想到，酩酊大醉的李小东脚下一滑掉下了彩虹大桥……

韩中海颤颤巍巍地读完来信，禁不住热泪长流，他无论如何也想不到事情的原委会是这样!

正当韩中海在为徐民的冲动感到不值和遗憾时，他眼泪尚未来得及擦干，却惊讶地发现指导员肖利不知何时已经推门进来。

肖利望着一脸错愕的韩中海，忽然哽咽着说："韩队，我是来向你自首的！其实一个月前那个下大雪的晚上，我上班路过彩虹桥时目睹了一件事情，我知道是谁把死者李小东推下彩虹桥的，但我一直没有举报，我包庇了他！因为那个人曾在五年前救过一个轻生女孩儿，那是我的小女儿……"

刘大把势

在丰收镇，谁都知道刘三刘大把势。虽然刘三和他的上两辈子都是沙府打杂的，但刘三跟他的祖宗不一样。刘三有赶车的绝招。

刘三赶车，用后人的话说那叫艺术！他自小生得人高马大，膀大腰圆，吆喝起牲口来嘴里嘶嘶琅琅夹曲带弯儿，跑起车来更是人、畜、车三者合一，缓走时如飞雪落檐，疾奔时若密雨泻湖，那节奏、那速度，全凭他闭上眼后的感觉！当然这感觉，也让沙府的沙通天老板很享受！

二十年来，沙府的马车虽多，但沙通天坐车还从没换过第二个人。换句话说，刘三就是沙老板的两条腿。沙老板走到哪儿，刘三就得跟到哪儿。

可最近，刘三被撵出了沙府，形同丧家之犬。外头人七嘴八舌地猜测原因：有说刘三自仗本事要求加银子惹怒了沙通天的；有说沙府这些天死了不少好马耽误运粮损失惨重，沙通天挥泪斩马谡的！

其实这些，全不靠谱。真正的原因只有刘三自己知道：原来前些日子，沙府有批粮食要跨省运往河南，沙通天正想去河南开封会友，于是让刘三赶着马车和车队一起开拔了。

谁想到，半路沙老板遇见了旧相识非要叙旧。沙通天大醉之下就住在了人家的庄院里，命令刘三跟着马队走，回来时再接上他。

刘三平生第一次离开沙老板。这天到了河南境地的一个小镇休息，一对夫妇见他们马队人多马壮，从大老远处奔过来跪在刘三面前就砰砰磕头！刘三忙扶他们起来，问是怎么回事。原来二人十五岁的女儿被近处回龙山的一伙土匪掠走了，求刘三救她一命！

刘三生性耿直，便想拔刀相助，又思忖自己只是跟着马队闲走，只要晚不了回去接沙老板就成。于是只身去了回龙山，再回来，刘三就把姑娘给带回来了。姑娘二老一看，刘三右边的袖子却空荡荡的，少了一只胳膊！

二老感激涕零，当面就要留下刘三当姑爷。刘三不肯，执意要走。二老私下一商量，觉得刘三来自大户，干脆拿出祖传的一件翡翠玉器偷偷藏进了刘三包裹。

刘三返程，沙通天便觉出了蹊跷，问马是怎么走的。刘三如实道："不是马，是小的不能赶马了。"说完将一只残缺的手亮给沙通天看，沙通天的脸色当即黑下来。

刘三回到沙府，这才发现那件翡翠玉器，于是也便有了主意。他想离开沙府，去把古玩还给人家，如果那家人不嫌弃，他从此就在河南安家！

刘三请辞不成，却让沙通天发现了翡翠。沙通天变戏法一样拿出一张刘三祖辈的欠条，当场没收了刘三的翡翠。刘三极力争辩，看那欠条上的印章分明还是新鲜的，但他被打个半死从此撵出了沙家！

从此刘三就在丰收镇上彻底消失了。说来也怪，沙通天的家业从此往后也越来越冷清。到了后来，连沙家运粮的车队都没了。

这天，沙通天和儿子坐马车去外地省亲，途中负责赶车的小厮竟然睡着了，害得沙通天和儿子差点翻进沟里！沙通天大骂着抄起鞭子对着小厮就是一顿乱抽！恰逢到了一个小镇，围观者涌来了不少。小厮又惊又怕，实在受不了鞭打，只好跳下马车逃走了。马匹一受惊吓，突然开始疯跑，沙通天哪里见过这等阵势，直吓得尿了裤子。

受惊的马匹呼啸着穿过人群，车轮当场就将前面一个玩耍的小孩碾死在地！马匹最后硬是被一帮大汉拦住。带头的一个人哭着吼着上来就要沙通天偿命！原来马车碾死的正是当地有名的大无赖乔天的儿子。

沙通天被人拖下马车，先是被揍了个半死，万般无奈的他只好许诺拿出家中全部的积蓄、房产地契来赔偿乔天。乔天是个无赖，无赖就是无赖，他先让沙老板写下欠条，然后忽然一手指着马车上沙老板的小儿子说："我现在又什么都不想要了，我要你儿子偿命！来人！"

几名壮汉二话不说将沙通天的儿子从马车上拖下来，捆绑住扔在地上。沙通天连连磕头告饶，可乔天根本不理他这套，他命人把马车往回赶，然后像沙通天刚才对待他儿子一样，要碾死沙通天的儿子！

围观者围了一层又一层，在沙通天哭天抢地的吼叫声里，眼看有人站上马车就要朝沙通天的儿子赶来。这时人群中站出来一个人大吼一声："且慢！"乔天脸色一沉道："哪个不知好歹的想在我的地盘上撒野？今天谁要是敢拦我，我就对谁不客气！"哪知来人哈哈大笑道："请乔大爷放心，我是来报仇的！""哦？"

只见来人转身面向跪在地上的沙通天道："沙老爷还认得我吗？"沙通天抬头惊得一下坐倒在地，眼前这人正是少了一条膀子的刘三！

刘三又转身对乔天道："这个人是我仇人，当年夺走别人赠我的翡翠，将我打个半死。今天这事儿既然让我遇上了，你看能不能让我赶车，亲自碾死他儿子？"

乔天仰天大笑，欣然同意道："那就让你捡个便宜！咱们先说好了，都是自愿所为，今后就是你碾死他家儿子，与我乔天无关了！"

刘三道："既然这样，我也有个要求，我身上有残疾，不能来回折腾，何况对一个小孩儿也太残忍，我好坏就赶一趟，死活由天！"

这时人群中有人认出了刘三，嚷道："那不是当年的刘大把势吗？他赶车就是闭着眼也能碾死一只蚂蚁！"

人群沸腾了，甚至有好事者为刘三赶车打起了赌，众人纷纷下起了赌注。而乔三更是大声说道：“原来你过去是老把势！这样，我信你一回，但你必须让马车从小孩儿的头上碾过去，如果这样还没把小孩儿碾死，我就把沙家的欠条让给你！”

刘三大吼一声：“谢谢乔爷，当着这么多人的面儿，咱们一言为定！”说完刘三抱起地上的孩子放到马车前二十米远处，脱下上衣三下五下蒙住了自己双眼！说时迟，那时快，刘三飞身上了马车，单手拉住缰绳，用力向裆部一带，嘴里“哈！哈！起喽！”一阵吆喝声，只见马匹就像得了出征号令，扬起蹄子狂奔起来！

众人屏气凝神地看着马蹄飞奔，心都提到了嗓子眼儿。却见马蹄在尘土间上下翻飞，车轱辘径直就从小孩头上碾了过去！人群中爆发出一阵惊叫声！

然而，马车驶远，众人更惊，现场没有留下一滴血。刘三早已跳下马车，将完好无损的孩子抱了起来，并给他松了绑。

乔天惊得哑口无言，他简直把刘三当成了神人。自己明明亲眼看见车轱辘是从孩子头上碾过去的，可孩子愣是安然无恙！乔天只好赶紧带人开溜，却被刘三喊住：“乔爷！我的欠条呢？”乔天知道自己躲不过去，扔下欠条消失在了人群中。

刘三将孩子送到泪眼婆娑的沙通天面前，沙通天感激得一句话也说不出来。刘三将手中欠条几把撕得粉碎道：“沙老板，我还能跟你回去赶车吗？”沙通天拼命点头，刘三又道：“不过我带着媳妇呢，河南那边过来的……”

沙通天自此带刘三回到沙府，并以兄弟相称，一起过起了日子。

多少年来有一件事沙通天的儿子始终不理解，多次问父亲："刘大把势怎么能让车轱辘碾过我脑袋，而我却没死呢？这是什么技？"沙通天告诉儿子："其实当时马车赶过来时，车轮左边有个土坑，左轮一进坑，右轮自然翘起来在你头上擦一把就过去了！"

儿子听了不以为然道："那刘大把势是要心眼儿，也不见得有大本事！"沙通天照准儿子就是狠狠一巴掌："他那是捂住双眼，单手将车赶过来的，你就是学三辈子也学不着半点皮毛！"

神秘的磁卡电话

郁洁晚上在一家报社做兼职，每次校对工作结束都要在深夜。这份工作不但辛苦，而且还要独自一人承受走夜路的孤单和恐惧。没有一定的胆量是做不来的。

其实郁洁这样拼命地工作并不只是为了挣钱，她的男友萧强得了重病却因没钱医治竟撒手而去了！郁洁是想用忘我的劳作和身体的疲惫来忘记从前的一切。

郁洁每晚回家要经过一条刚刚改造过的新路。这条路以前崎岖不平，不知坑害了多少下夜班的人了！幸亏今年政府所做的几件大事之一就是把它修好了。还特地架设了新的路灯，增加了几部磁卡电话。

路刚修起，走的人少，夜深人静更是少有人路过。

这天，郁洁夜里下班走过家门口的磁卡电话亭时，电话竟骤然炸响起来！郁洁没有防备，被吓得一个趔趄摔倒在地上，新买的连衣裙也被划了一个大口子。郁洁痛苦地躺在地上四下张望，周围连半个鬼影子都没有！更别说会有什么人等电话了。郁洁恼怒地认为一定是哪个冒失鬼犯了糊涂，竟把电话错拨到无人接听的新公共磁卡电话上了。她揉搓着右半边麻木的身子缓缓站起来，浑身还战栗着，后怕不已。遇到这种事郁洁也只好自认倒霉了。

谁知道奇怪的事情竟然接连不断地发生了！以后郁洁夜里下班回家，每次路过这个磁卡电话时它都会准时突然响彻起来！“丁零——丁零——”声音特别大，持续时间长，仿佛一个声嘶力竭的人在午夜里歇斯底里地呼喊！

幸亏郁洁是个大胆的女孩，她心想：如果这部磁卡电话能连续在我路过第九次的时候响，我就接听一下！九是我的幸运数字呢。我一定要狠狠教训教训这个错打电话的糊涂虫！郁洁为自己的决定感到兴奋，她既想知道这电话究竟是什么人打来的，又在脑海中想象着错拨电话的人的无数种可能性，从而也怀揣了一丝丝的不安。

今天就是第九次了，如果电话能准时响起来的话，她就接听。

这天天特别热，郁洁临出报社前特地换了身短裙，还涂了点唇膏，她站在镜子前左右环顾，做着调皮的鬼脸，像是去赴约会似的。下了报社大楼，她径直朝家走去，脑子里想的全是那部磁卡电话，仿佛电话就是等待她来赴约的情人。

郁洁走到那部银灰色的磁卡电话前，等了一会儿，电话却没如约响起。郁洁突然觉得自己很神经很好笑，自己跟磁卡电话较什么劲啊？还是趁别人没发现赶紧走吧！可就在她一转身的瞬间，电话“丁零——丁零——”地响了！郁洁很兴奋，一把就抓起了听筒。

“对不起，亲爱的，我今天迟到了。我好想你！”不等郁洁开口，那边就传来一个男人的声音，声调阴柔，缓慢，忧郁。正在自顾自地诉说着。

“说话呀，亲爱的，你还生我的气吗？”男人的声音有些惶恐不安。

“我知道你在听。跟我说话好吗？说啊！你知道我不能没有你！”他在哀求。

“我有多爱你，你知道吗？你知道我这些天都是怎么熬过来的吗？我快疯了……你能不能对我说一次，就一次，对我说声我爱你！好吗？我求你了。”

哦，郁洁听后有点明白了，这是一个被爱遗弃了的伤心男孩吧？她感觉到电话那头是一颗破碎伤痛的心和一张憔悴愁苦的脸，是一个绝望中的罗密欧。

“可我不是……我是……”郁洁想跟他说话，安慰一下这个痴情的男孩，却又不知道怎么开头。

“你不用解释亲爱的，真的。他们都骗我，说你不要我了。可是我相信你永远都不会离开我。”电话那头开始低低地啜泣。

男人低沉瑟缩的哭声一直持续了一分多钟，郁洁再也不忍心听下去了。她的心里也很痛，想不到这世界上痛苦的人并不只是她一个呢。郁洁心里渐渐升起了一股莫名其妙的醋意，究竟是什么样的女孩拥有这样执着的爱却不知道珍惜呢？为什么自己却总是遇不到一个这样痴情的好男孩呢？唉！

郁洁决定好好安慰一下这个痴情男子，即便是当一回他所谓的“亲爱的”也无所谓了，毕竟现在如此痴情的男子太少了！郁洁转过脸去悄悄地清了清嗓子，默默地调整了一下语调，正准备开口安慰，男人却轻轻地问道：“亲爱的，能吻我一下吗？我太想你了，我太思念以前的美好时光了……求你了！吻我一下好吗？”

郁洁其实只是个毕业不久羞涩拘谨的女孩，听到这里她的脸倏地一下红了。若在平时有男同事跟她这样打趣那他一定会倒大霉的。可是今天郁洁却像中了蛊，鬼使神差地答应了给这个伤心罗密欧一个安慰之吻。郁洁想反正是在电话上，彼此看不见也没什么尴尬的。她把听筒拿到眼前，借着星光看了看，还算干净，毕竟是新电话，没怎么用过，不会有很多细菌。郁洁就把嘴唇近距离地凑到电话听筒上，特意用了点劲儿，冲着电话猛嘬了一口，好让那边陌生的痴情人能听得仔细一点。

更奇怪的事情发生了！就在郁洁微翘双唇与话筒近距离接触的那一瞬，一股强大的电流顷刻由她的嘴唇传遍了全身！一种欲令人膨胀甚至爆裂的炽热和力量在她全身疯狂地胡乱冲撞。脑子竟然出现了短时间的缺氧！

郁洁很快便意识到自己的冒险是多么愚蠢，自己应该立刻从梦中醒来！她想把听筒从耳边拿开挂回电话机上，可是听筒居然变得重如千斤，又像拥有了强烈的磁力，拿不开，放不下！电话线竟也像藤蔓一样开始紧紧缠绕她的手腕、臂膀……

"不要这样！啊！"郁洁忍不住喊出声来。

喊声在空荡荡的马路上回荡着，传到很远很远的地方。

郁洁越想挣脱，那听筒就越牢固地粘在手中，电话线像毒蛇一样慢慢地伸长伸长，顺着她的胳膊攀缘而上，绕住了她的脖子，越箍越紧，几乎让她窒息，一阵咯咯的笑声从听筒里传过来……

"救……命……"郁洁几乎用尽了所有的力气才发出了恐怖的呼救声，可此时又哪里有人在这儿路过呢？

"啊！……"郁洁像厉鬼般地拼命叫喊，震荡得树上新叶沙沙翻响，她所有潜藏的力量伴随着这一喊同时迸发出来，随之而迸发的，还有积郁多年的懦弱、迟疑和优柔寡断。电话线被这强大的力量挣断了。郁洁仓皇地逃回家中，打开所有的灯，关上所有的门窗，盖上家里所有的被子，那咯咯的笑声似乎还在耳边回响。

第二天一早，郁洁就托在公安局上班的同学崔明去电信局调查这个磁卡电话的通话记录。她想尽快走出这个恐怖的噩梦。

"丁零——丁零——"

桌上的电话突然响了。郁洁一慌，手中的咖啡洒了半杯。她望了望听筒，没敢伸手，迟疑了半天，才按了免提键。

是崔明打来的。

"你是不是有毛病啊？让我给你查一个没开通的电话。电信局说那电话才布线，过几天才开通呢！我这么忙，别没事消遣我好不好大姐！”

郁洁纳闷了，她回想着这些天与磁卡电话的遭遇，不禁问自己：“难道是我精神出了问题？”

正诧异着，有人敲门。

“请进！”郁洁冲门喊了一声。进来的是一个穿银灰卡壳式工作服的帅小伙，国字脸，一双眸子漆黑，深不见底。他很礼貌地冲郁洁笑笑说：“您是郁洁？”

“对。什么事？”郁洁好奇地抬起头来。

“我们刚在您家附近装的磁卡电话昨天被损坏了，有人投诉是您干的。根据我们的规定，您得赔偿我们的损失，请到我们的营业厅交纳罚款。这是通知单！”

男人说完，咯咯地笑着，眼睛神秘地朝郁洁眨了眨，转身急速离开。

郁洁伸手接过罚单，听到那笑声，忽然想起了什么，惊愕住。“喂！等等！”郁洁慌忙追出门外，男人却早已没了踪影。郁洁低头看看手中的单子，上面有一行小字：“亲爱的，今夜我在芙蓉街柳泉巷 9 号楼 109 房间等你！你敢来吗？”

郁洁呆住了。她回想着刚才神秘男子的容貌、眼神、口气和特别富有磁性的笑声，她想起那晚奇异惊险的遭遇……原来电话中那个神秘男子就是他啊！郁洁一时说不上心中是个什么滋味来。那个男子究竟是个什么样的人？他是坏人吗？他有什么企图吗？不过他……可真英俊。

整整一天郁洁工作都点心不在焉，郁郁不乐的她在心底反复犹豫着迟疑着，或许是男子的眼神打动了她，也或许是男子骄横的一句“你敢来吗？”让郁洁心生好奇和冲动，她竟决定今晚下班后去一次巷道深深的芙蓉街！

郁洁刻意装束了自己，换上了平底鞋、牛仔裤，甚至在裤兜里掖藏了匕首，上身T恤也换成了厚一点的，口袋里插了大头针。郁洁感到自己正在进行一次前所未有的冒险，但她并没有把这事再告诉别人，她不想让外界的聒噪来分享自己的安静或危险，一向自我的她宁愿自己一个人去尝试和经历。

郁洁迈着轻轻的脚步来到芙蓉街，双手一直插在裤兜里，准备随机应变。穿过一条窄窄的黑黑的有些潮湿的弄巷，郁洁到达了9号楼109房间。

房间的门没有关严，一丝微微的灯光从敞着的门缝里泄出，像孤独夜海中的灯照。“进来吧！”正是那个熟悉而又陌生的男子的声音！郁洁情不自禁地哆嗦了一下，推门进去。“啊！”郁洁不禁又惊讶地喊出了声！原来房间里满满摆放的都是各种各样形形色色的电话机。这些电话机有人形的、兽形的、植物形的、书形的、茶杯形的、汽车形的、器官形的、石头形的……千姿百态，应有尽有。凌乱的电话线则如热带藤类植物似的缠裹蔓绕了整整一个房间，天花板、墙壁、桌子、橱柜、椅子、家具、地板……都被这些冰冷而拥挤的电线紧紧包围笼罩了。而屋内的男子就端坐在这些电话线缠绕下的一个黑色皮椅上。

“你来了？郁洁？”

郁洁怀着满腹疑问说：“你究竟是什么人？你怎么知道我的

名字？你找我究竟想干什么？”男人笑了，还是那么英俊。“请听我说郁洁小姐，您先别急。首先我诚挚地向您说声抱歉，再次我荣幸地欢迎您来我家做客，最后我要告诉您我为什么找您。”

“郁洁，我想问你你这么辛苦地做兼职真的就是因为缺钱吗？不，你其实是想用身体上的疲惫和辛苦来冲淡你心中的伤痛！你的心上人萧强是因为没钱医治绝症而死去的……”

“够了！别说了！你到底是谁？”郁洁一直想遗忘的伤心事又被这个男人提起来了，这仿佛是揭她的伤疤一样，她开始后悔自己为什么偏偏犯病跑来见这个莫名其妙的人！

“不，我要说！你知道吗？萧强他有多爱你！而我正是萧强一生中最好的战友！我们军校毕业后彼此分开，他在信里多次跟我提到说他交了你这个美丽温柔的女朋友非常幸福！我真替他高兴，就像自己也享受着同样的幸福一样！你知道吗？我们的友谊太深了，他的死同样让我痛不欲生……为什么？为什么那么好的人却得了不能治疗的病而离开我们？因为我们没钱！我们没钱！”

郁洁泪流满面地倾听着男人的诉说，她的心仿佛又飞回了从前，飞到了自己跟男友萧强在一起的美好时光。男人渐渐由伤感变作了愤恨：“所以我一定要拼命研制出我的‘情感电话’专利来，我要用我们在军校学过的电子机械知识研制出最优秀、最有人情味的电话来告慰萧强！”

郁洁终于明白了。原来眼前这位男子正是以前男友萧强最好的同学和战友，他们在校学的都是电子控制化专业，自从萧强死后，该男子就开始了他“情感电话”的研制工作。现在他的研究已经初步告成！

“我想我用特殊磁性研制、调控出来的电话都能让使用者沉浸在一种快乐、幸福、安详、温馨的状态里通话，我研制的电话也会随使用者的情绪附带一些富有人情味的动作，譬如拥抱、伸缩变形、喷香水、放音乐、将说话者声音美学处理等，而最重要的一项功能则是能让生者与死者进行一种‘时空对话’……”

郁洁没有打断他，听得如痴如迷。

“一旦这种具备人文关怀的电话研制成功，那我们就可以和想象中的人通电话了！效果绝对非常理想！”男人兴奋地讲。

“所以你就选中了我来做实验？”郁洁觉得事情逐渐开始明朗了。

“对，郁洁！其实我来这个城市后早已默默认识了你——我最好战友的心上人！但我不想打扰你平静的生活。我本想每天只利用路边新装的我所研制的电话给你带来‘萧强’的关心和问候，好使你尽快走出阴霾，好劝你重新振作起来！却不料我的实验出了差错给你带来了惊吓，因为那时我的电话声讯和动作系统都没研制成功。萧强的声音没有很好地搭配出来。”

“于是你干脆就装做一个受抛弃的男子来安慰我的心？让我知道这个世界并不只是我一个人痛苦？”郁洁泪流不止地追问。

“对！郁洁你真聪明。后来的我干脆将错就错了，我想即使我的电话研制得没有想象中的成功，没能让你和天堂中的萧强讲上话，但我至少还可以亲口告诉你一个道理，那就是人是需要相互依偎和温暖的，人也不只是为了回忆而活着的！其实，一个人活着就应该活出点质量来，活着就应该更好地活着以对得起死者！”

郁洁的眼泪再一次汹涌地流淌：“是啊，其实我也知道自己再怎么辛苦再怎么赚钱也救不回萧强了，失去的已经永远失去了。我必须该面对现实才对……”

“你应该为爱你的人好好活着！这就是我所做这一切的最重要的目的。也请你原谅我的冒昧！”

此刻的郁洁一点也不怪罪男人了，她从男人手里接过几本相册，翻看着男人和萧强的军校生活。“真难为你了，为我们做了那么多……对了，我还不知道你叫什么名字呢？”

“我叫杜伟。”男人为郁洁递过一张面巾来，又一次爽朗地咯咯笑了。郁洁慢慢擦拭着泪痕，心里一下平静放松得多了！多少日子的郁闷和悲苦也仿佛随着吹干的眼泪一扫而去了。

郁洁就这样和杜伟促膝畅谈了整整一夜，消除了恐惧，忘记了时间，海阔天空地谈论着，关于萧强、关于工作、关于专利、关于未来……

后来的某一天，郁洁披着雪白的婚纱挽起了全球强伟情感电话公司董事长杜伟的手臂，走进了圣洁的结婚礼堂。他们的结合令无数人羡慕。婚后幸福无比的郁洁却从来没把她和杜伟的结识和相爱告诉过任何一位朋友，因为就连她自己都觉得这一切太像一场神奇的梦了。

假币风波

那天的事情是偶然发生的，既令钟诚和徐帆猝不及防，又让他俩的观点产生了严重分歧，那是他们结婚七年来的第一次激烈争吵。

那是个周六下午，钟诚和徐帆小两口难得同时休息。于是决定双双到菜市场上逛一圈儿，买点好菜回来犒劳一下对方。

钟诚在县工商局城区分局工作，徐帆在一家小型玻璃制品厂上班，两人平时都够忙的，难得一起说笑着散步、买菜、下厨。这天他俩的心情都很不错。

买菜回来的路上，两人提着大兜小包的调味剂和蔬菜并肩往家走。突然，钟诚发现在前面不远的地上躺着一个沾满泥水的皮包！

钟诚和徐帆迅速走上前去，拾起皮包打开来看。这不看不要紧，一看两人都倒吸了一口凉气。里面竟鼓鼓囊囊全是崭新的百元大钞！

两人迅速环视周围，见附近很少有人经过，远处有寥寥几个行人也大都行色匆匆，面色淡漠，并没有人注意到他们捡到了巨款！

钟诚和徐帆迅速回到家里，他们详细检查了捡到的皮包。这是一个上好的纯牛皮女式坤包，外观浅绿色，内有一张年轻男士的单人照片和一双穿过的破了线的长筒丝袜，另外就是那两百张一百元面值的两万元钞票了。

“这一定是哪个粗心大意的女人遗失的皮包。现在她不定多着急呢！”钟诚按照常情推理。

“你打算怎么办吧，钟诚？”徐帆征求钟诚意见，毕竟是钟诚先发现的皮包。

“怎么办？当然赶紧查找失主！或者，马上交公。捡钱不交现在是违法的！”钟诚说。

“别……”徐帆阻止钟诚说，“咱们再想想，你看我爸最近生病住院正需要钱呢，咱们的住房贷款又那么紧张……”

钟诚用怀疑的眼光盯着徐帆，好像初次认识一样：“你怎么能这样？这不是我们的钱！你能想象出丢钱人现在的处境吗？也许这就是她急等着用的救命钱啊！”

分歧就这样产生了。两个人由简单的分歧，发展为高声的争辩，甚至于激烈的吵架。

这对结婚七年的恩爱夫妇就这样因为一笔意外之财开始了争吵。

吵归吵，闹归闹，夫妻难有隔夜的仇。最后，他们俩互相让步，决定由钟诚把捡来的钱送到单位去，这样一来，钟诚就能趁此机会得到领导和同事们的好评，在单位里树立良好的口碑。

局长这天不在家，钟诚直接把皮包交给了办公室主任马丰。马丰听完钟诚的叙述，看到自己手中的皮包里果然躺着厚厚的百元大钞，立即就对钟诚竖起了大拇指！

“嘿！哥们儿，真有你的！现在像你这号人可不多啦！我真是服了你了！”马丰用欣赏的目光望着钟诚，并用手在他肩膀上狠狠拍了一巴掌！

马丰是钟诚在局里头数一数二的铁哥们儿，钟诚对马丰还是非常放心的。马丰也说到做到，等局长王明海一回来，立刻就转交了皮包。而局长呢，除了对属下大加赞赏外，第二天就给自己的同学县公安局局长李健打了电话。

本来钟诚好人做到这里也该到头了。可谁知意料不到的事情又一次发生了。

就在钟诚交包后的第二天，县公安局经济侦查大队的两位民警就来找他了。

“钟诚，你知道我们为什么找你吗？”民警问。

“知道，关于那两万元钱的事。怎么了？”钟诚回答。

“怎么了？你自己最清楚。我奉劝你老实交代问题！”一位年轻的民警不客气地说。

“什么？”钟诚简直怀疑自己的耳朵听错了，“交代？交代什么？你们把我当什么人了！难道我拾金不昧也有错吗？”

另一位年长的民警笑笑说：“钟诚同志你别误会，我们也没有别的意思。拾金不昧的确是我们极力倡导的，也是值得我们每一个公民尊敬的举动。但是，根据我们检验，你交来的皮包里的两万元钱全是假币！而根据我国现行法律，使用和持有假币都是违法的，你交上来的假币数额非常巨大，所以我们必须要查个水落石出才行啊。”

钟诚明白了。

但钟诚感觉非常无辜。他在全力做配合的同时不禁问两位民警：“你们为什么要先找我？也许假币就是失主本人的呢？”

民警回答：“这点请你放心，我们是分头调查，失主很快就会查到。”

“民警同志你们说说，就算我真的有假币，好好的我交什么公啊？那不是自投罗网吗？”钟诚又把那天的所有经过说了一遍，但唯独没有把跟妻子吵架的事说出来。

果然，警察的办事效率很高。民警再来找钟诚调查时，说失主已经查到了，是县城五彩霓裳时装商场的一名女模特，二十三岁，叫吕甜甜。这几天正准备跟在交通局的男朋友订婚。民警说那天她从银行里提出两万元钱，一部分要交给得了急性肺炎的母亲急用，另一部分就是要给男友买服装和手机用的。

不幸的是，吕甜甜那天走得太匆忙了，也许是因为心里有事，她在回家途中和一个朋友说话时，连挂在自己木兰车把上的皮包滑落下来都没发觉。民警还说那天丢了皮包后，吕甜甜急得差点喝药自杀，整整两天不吃不喝，以泪洗面，非常可怜。

钱是吕甜甜从银行里刚刚取出来的，不可能有假。所以吕甜甜本人持有假币的嫌疑已被排除了。可怜的吕甜甜在知道自己的皮包被完璧归赵后，仅仅高兴了不到三十秒钟，当她得知自己的两万元钱是假币时又立马哇的一声哭了出来。几天来的跌宕起伏和大喜大悲将她折磨得消瘦而憔悴。

“钱一定是被人掉包了！请你再仔细想想，那两万元钱具体还经过谁的手？”民警问钟诚。

钟诚细细回想了一下，妻子徐帆虽然对自己把钱交公有点意见，但最后她也勉强同意了自己的做法。再说她没有获得假币的渠道，她是不可能把钱掉包的。

那么马丰呢？局长呢？钟诚还是非常信任自己的铁哥们儿马丰的，但他对局长缺乏了解，只好把情况又详细讲述了一遍，警察听完认真做了记录后走了。

接下来的几天里，钟诚所在的工商分局算是炸了营。警察进进出出，三个人受到了调查，人人都知道了这事是由钟诚的拾金不昧引起的。一时间，说什么的都有。有的说钟诚什么拾金不昧啊，他怎么不直接把包交给公安局呢？简直就是想表现自己；有的说钟诚搞的什么事嘛，弄得马主任和王局长全都受到了调查；有的不明内情的人甚至传言那钱就是钟诚自个儿掉的包……

家里，钟诚和徐帆的争吵又发展到了白热化，徐帆一气之下甚至搬到了娘家。剩下钟诚一个人在家生闷气、吃冷饭。

接下来，意外之外的意外还远远没有结束！

不几天，工商分局的马丰主任就被检察院依法传唤并逮捕了，人们都纷纷议论说那钱原来就是马丰主任掉了包，真看不出来……结果令所有人吃惊的是，让检察院介入并逮捕马丰的并不是钱被掉包一案，而是警察在询问马丰时，马丰自己发慌，交代出了自己原本就有的问题。原来这几年，马丰借助职务便利，居然背地里挪用公款达五万元之多！真是不查不知道，一查吓一跳！马丰这条隐藏极深的蛀虫，最终被警察在无意中查出来了。

钟诚目睹了马丰的落网，心里像加了千斤坠，沉甸甸的疼。

更叫人啼笑皆非的是，分局的王明海局长也被停职了！事情的经过是这样的：警察在从侧面和外围调查王明海局长关于是否参与了两万元钱掉包事件的过程中，意外发现王明海局长竟然在县城西滨河花园小区租赁了一套一百八十平方米的复式别墅。通过特殊手段跟踪调查，警察发现别墅里住的竟然是他长期包养的情人，而这位娇艳欲滴的小情人不是别人，恰恰正是丢失了两万元钱的女失主吕甜甜！

原来，吕甜甜高考未中，凭借着良好的容貌和绝佳的身材到县城五彩霓裳时装商场当了一名女模特。每当商场搞促销活动，打扮暴露而且性感的吕甜甜就会登台亮相，引来台下阵阵号叫。

吕甜甜的美貌很快就招致了风波，县工商局城区分局的局长王明海看过几次吕甜甜的演出后，竟然再也忘不了她。

色迷心窍的王明海最终还是利用各种手段将涉世未深的吕甜甜骗到了手，并且精心地包养起来。

警察控制住了吕甜甜，经过询问得知，吕甜甜的确是被王明海包养了几年，但是最近她正准备和新处的男友订婚，已经很少到那座别墅里去了。那两万元钱也确确实实是她刚从银行里取出来的，她敢拿性命担保！

而且，吕甜甜扑通一声给警察们跪下了，她要求警察无论如何不要把她耻辱的经历说出去，否则她就彻底完了。

王明海被停职后交代说，他是曾经把马丰交来的钱当夜带到了自己租赁的别墅里，但是，他对吕甜甜说那是单位的钱，暂时放在自己处保管一下，这钱不能动。

王明海还交代说，当时吕甜甜也曾向他撒娇，要几千块钱花花，因为她母亲正在生病，但她没说她丢过钱。王明海当时就对她说不能再在钱的方面出问题了。

于是吕甜甜只好作罢。当然吕甜甜之所以没告诉王明海丢钱的事，是因为她那些钱就是她平日里拿王明海的钱积攒下来的。

当然这些都是警察们笔录上的记载。

尽管出了这么多事，意外紧套着意外，但钱被人中途掉包的案子还仍然是一团迷雾。

与此同时，钟诚却陷入了深深的不安，毕竟这一切的一切，都是由他而起啊！

就在钟诚准备休假外出散心的节骨眼儿上，警察那里终于有了新突破。原来，在警察提审马丰的时候，他们注意到了一个特殊的细节。那天钟诚将钱交给马丰时，马丰正在办公室里收不法业户的罚款，房子里有不少人。会不会他们中有人趁马丰忙得不可开交之际偷天换日了呢？

经马丰回忆，目标锁定在了在县城开饭店的痞子——“老毛子”毛波身上。这人以前就曾有过违法记录，平时不做正经事。

最近却无证经营起了一家酒店！工商局只好对其进行罚款。会不会是他？

接下来的事情想象不到的顺利。警察还只是开车到了毛波的酒店门口，坐在店门口的毛波就掉头蹿进店里，企图逃跑。毛波被抓获归案后的交代就如竹筒倒豆子，一点不剩！正是他，那天在交罚款时趁人不备掉换了皮包里的钱！

而毛波的假币是他经人介绍按 1∶7 的比例花一万元钱买来的，总共购买了七万元假币！截至毛波被抓获，他已经采取使用假币到山区收购老农羊绒的手段，疯狂洗钱三万余元！

警察火速查抄了毛波的酒店和住处，从中搜查出了剩余的近两万元假币。毛波被警方依法刑事拘留了。

连连发生了这么多事，钟诚的心里像打翻了五味瓶，啥滋味都有。妻子跟自己闹崩了，自己的铁哥们儿进了监狱，顶头上司一把手被停职检查，丢失钱财的失主竟然是位被包养了多年的姑娘，毛波再次犯罪浮出水面……这一切有谁能料到都是因为他拾金不昧做好事引起的呢？

幸亏调查终于结束了。傍晚临下班前，钟诚也总算想通了些，毕竟马丰和王明海之辈都是罪有应得啊！钟诚长舒了一口气慢慢向家里走去。就在自家楼下，钟诚无意中抬头，忽然发现家里早已经亮起了温馨的灯光，还有浓浓的炒菜香味远远地飘进鼻子里来……

打的就是警察

一个火辣辣的夏日晌午，平金市杨泉路的街头上远远走来三个人。这三个人上身均穿白色T恤，下身穿灰色西裤，神色慌张，形迹鬼祟，在人群里分外惹眼。

走在最前面的是一个小伙子，他浑身被汗水湿透，不时地回头看一眼背后，而紧跟在他后面的则是两个年纪稍大的中年人，他俩走得飞快，还不时耳语着什么，如此三个人形成了一个大大的锐角向着中心路口迅速挪来。

此时令人瞠目结舌的一幕就在光天化日之下发生了：那个走在最前面的小伙子突然发力狂奔起来，只见他不顾平金市街头汹涌的人流，径直穿过繁忙的马路跑到中心路口的交警岗亭边，一把将正在指挥台上的交警拖下来，狠狠打！

一时间，车辆堵塞了，人群沸腾了，中心路口被好奇的行人围了个水泄不通。甚至，市里的电视台和报社的记者也闻到了消息火速赶到现场，希望能在最短的时间里抓抢到最吸引人的独家新闻。

被打的交警也许刚才正过于投入地工作，先前对年轻人的恶行毫无提防，霎时就被年轻人打中两拳并摔了个趔趄，白色的警帽也滚出老远，狼狈极了。小伙子边打交警嘴里边还在骂骂咧咧："打死你！我打死你！叫你指挥交通！我非打死你！"

围观的人群喧哗了起来，有人要上前阻止小伙子的暴行，也有胆小的群众只在一边大声地谴责着小伙子："你干吗打人啊？人家警察与你有何仇何冤？你也太不像话了吧？"

小伙子渐渐地住了手，也许是他此刻清醒了些，意识到自己干了什么蠢事，扑通一下就给民警跪下了！他嘴里还大声求饶着喊道："警察大哥对不起！对不起啊警察大哥！把我送派出所吧！我甘愿受处罚！快把我送局子里好吗？"被打的交警呼啦站起身后，先是对小伙子进行了全面彻底的搜身，并没发现凶器后，气愤地指着小伙子的额头吼："你也太不像话了！光天化日之下竟敢殴打警察，这是违法的你知道吗？我究竟怎么你了？你连警察都打还有什么坏事不敢做？你给我说清楚！"

"对！对！"周围群众大声高呼起来，"让这个恶棍说说他为什么打人！吃了豹子胆了竟敢打警察！我们这位警察同志耐酷暑、顶烈日为我们指挥交通多么辛苦啊！他居然敢伸手就打？他怎么下得去手的！"

愤怒的人们将小伙子团团围住，包围圈也越缩越小，这让跪在地上的小伙子更加感到无地自容，他喊道："我错了！我错了！抓起我来吧！"禁不住地放开嗓门大哭了起来。

110出警车和120救护车迅速赶到了，卫生员立即给受伤的交警同志包扎了伤口，幸亏交警以前经过严格的体能和擒敌训练，有意识地躲避了重拳，受伤非常轻微，只是被小伙子的指甲刮破了点皮。

110民警也立即在现场开展了调查取证。正在这时，有两个中年男人从密集的人群里挤进来。这两人与打人的小伙子穿戴一模一样，他们大声叫喊着："手下留情警察同志！手下留情！我们三弟他有精神病，经常性发作，我们平时都是轮流看管他，没想到今天他趁我们不备偷跑出来了！他平日里就老想看交警同志指挥交通，还经常模仿……谁想他今天犯了这么大的事！他平时可是好人哪！……"

听到这里，群众中发出了嗽的一声，遂开始议论着慢慢散去，"原来是有精神病！""他有病你们当哥哥的也不好好看着！跑出来这不是害人吗？""原来如此，怪不得，原来是精神病患者……"

事情有了初步的眉目，110民警还想再对交通民警调查询问，但被交警摇头制止了，他微笑着对民警说："要知道这可是一天当中大马路上最繁忙的时刻了，我再不恢复工作，这里的交通就要瘫痪了，今天下午还有一批外商要来我市游览参观，这里虽不是必经之道但也绝不能出现交通堵塞，我看这事儿到这里就算了，让他家人把这个精神病患者带回家去吧！我没事，不能再耽误工作了！谢谢你们！"

110民警也接到了外商要来本市参观的通知，工作不敢怠慢，于是答应了交警的建议，将仍跪在地上的那个小伙子拉起来狠狠批评了一顿，就要驾车离开。

可这时候，只见这小伙子猛地站起来挣脱了两个哥哥的拉扯，再次冲上岗亭将交警拉下来就打！

交警的确是愤怒极了，有了上次的教训，他早已经有了防备，只见他灵巧地躲过了小伙子的拳头，利用擒拿拳法中的一招“直摆勾击”，转眼就将他直挺挺地放倒在了地上。

经这记重拳的袭击，要换了一般人是很难爬起来的，可也真奇了！小伙子居然马上又从地上挣扎着爬起来，再次向着交警冲去！等待他的，是两名健壮的110民警将其彻底制服，并给他戴上了冰凉的手铐。

“浑蛋！我打的就是警察！我就是跟你们所有的警察有仇！我没有精神病！你们才有精神病！我就想打死你们！我和你们拼了！……”小伙子还在拼命地挣扎和喊叫。

看来小伙子的两位哥哥是不一定能控制住他了。民警们决定不管他是不是精神病患者都要先将他带回派出所去！以免造成更大的交通堵塞。

这时候，在一边观察事态的两位哥哥见事不好，挤开人群就想溜！民警们大声喊道：“哎，别走！你们跟我们一起回去！”

两位哥哥似乎没有听到民警的喊话，一阵风似的就窜没影了！民警们只得苦笑着把小伙子一个人带回了派出所去。

在派出所里，小伙子放声大哭，急着要向警察同志解释什么。可没人听他说话。民警们忙着别的案子，都到另一屋内审讯犯罪嫌疑人去了。

小伙子被手铐铐着，喊没人听，叫没人管，哭也没有用，他只得想出了一个为自己申诉的办法——用嘴咬起桌子上的一只圆珠笔在民警的报纸上写起来。

这一天，直到太阳落山，夜幕降临，民警们才回到了关押小伙子的房间内。令民警大吃一惊的是小伙子因为过于困乏睡着了，而在小伙子嘴里却咬着一张写满字迹的报纸。民警们拿起来一看，才恍然大悟：

尊敬的各位民警同志：

对不起你们了！

我是一名来自贵州的打工仔，名字叫袁书华，原本是贵阳龙乘第二机械厂的一名员工。就在今年春天3月15日，我在一次聚会上邂逅了我多年未见的同学杜大家，他告诉我说他如今正在深圳一个叫金华的地方做事。收入可观，劳保寿险待遇等条件都相当好，而且他还透露了一条重要消息给我说，我初中时热恋的女朋友萧丽娜也在他们公司工作。

这对我来说真的是太意外了。因为自我初中毕业到异地上了高中后就再也没有见过萧丽娜，至今我还在心底爱着她，我告诉自己一定要找到她，我这一辈子一定要娶她为妻，好好爱她，这是我多年以来的梦想！

而且杜大家还告诉我说，他们公司是生产女性日用品的，正缺少一名像我这样的财会专业的人才，如果我去，工作不累，一个月还能有至少一千五百元的收入。

无知的我轻易相信了他的谎言。于是我带着家里四处借贷、积攒而来的三千元钱来到了金华，谁知道我却从此掉进了冰冷的陷阱，再也难得脱身！原来杜大家所在的公司是一家地地道道的传销皮包公司！当然，我的确见到了日思夜想的女孩儿萧丽娜，但是，她竟变得让人不敢相信了！她竟也怂恿我继续干下去！说不入虎穴，焉得虎子？冒不得险就发不了财！我劝她逃，她很害怕，非但不逃也劝我不要逃，继续去骗人沉浸在虚幻的梦里……

公司的大多数员工都是被一个个从天南海北骗来的！他们除了给新来的人灌输传销思想，就是一步不离地跟着新来的人，以防止他们逃跑。要知道每一个后来的人都是他们先来的下线，逃走一个人，他们就更加会血本无归！

我扔掉了所有的钱，受尽了非人的侮辱，日夜想家，逃跑了三次，可都被他们抓了回去。每次抓回去都被他们暴打！我实在受不了了！

求求你们，警察同志，我只有向你们求助了！就在今天下午，我又一次出逃了，可不久我就发现自己被人盯上了，我害怕，我想报案，可是我人生地不熟，不知道该去哪里报案。我想天底下的警察都是一家人，是最能扶危救难的！于是，我在快要被他们抓到时突然奔向了交通岗亭，还殴打了交警！请你们原谅我吧！我实在被逼得走投无路了才这样做的啊！那两个声称我的哥哥的人就是传销窝点的中坚头目！……

民警们这下全都明白了。这个被他们铐在桌子上的小伙子根本不是什么精神病人，他是个彻彻底底的受害者！是个急需民警们帮助的打工仔！民警们落泪了。他们为这个叫袁书华的小伙子买来了方便面、火腿肠、橙汁，看着他狼吞虎咽地吃起来。

一个星期后，一百三十五名非法聚集在金华的地下传销者被派出所民警悉数遣返回原籍。这次，还多亏是袁书华提供了有利线索才把一个特大非法传销团伙彻底粉碎，从而拯救了无数个破碎的家庭和受困的打工仔。

一个月后，金华市某派出所民警收到了来自贵阳龙乘机械厂的袁书华的一个包裹。

打开包裹，里面是一封长信、两面锦旗和一张喜帖。

袁书华在信里说："我是袁书华，已经安全到家，并且找到了新的工作，请各位民警大哥们放心！我这辈子永远不会忘记你们的大恩大德！……"

两面锦旗则是分别给派出所和那位被袁书华在被逼无奈的情况下殴打的交警同志的。锦旗上书："忍辱负重真勇士，扶危救难大英雄。"

喜帖，当然就是袁书华跟萧丽娜两个人的了。

哭笑不得的遭遇

曾经是个年轻的民工。那天中午有个老乡来城里找他，替他老婆给他捎了封家信。曾经为了表示感谢，就请老乡在远离工地的一家小酒店里喝了几杯。

曾经平时很少喝酒，可那天他有点激动，他太想老婆了，千等万盼好不容易等到了老婆的回信，就高兴地喝多了。喝完酒老乡要去车站，曾经去送，可走着走着酒劲儿就泛上来了。曾经对老乡说："对不起，我不能送你了，前面再走几步就是车站，我得赶紧回去上工了。"老乡答应了一声就走了。

曾经往工地返时实在是太困了，于是一屁股坐在路边花园的一张排椅上想休息一下。这个路边的小花园树多草丰，幽雅安静，曾经竟不知不觉睡着了。不知过了多久，曾经感觉自己的脸颊火辣辣的疼痛，他微微睁开眼睛，发现自己身边正站着一个西装笔挺的胖男人，男人一手捧着一束火红色的玫瑰花，满脸怒气，正用另一只手接连不断地抽着曾经的耳光！怪不得曾经觉得自己的脸一阵阵的发烧呢，原来是被这男人打的！

曾经嗖的一声从椅子上爬起来，质问男人：“你怎么能随便打人呢？”男人听了曾经的话更加恼怒了，不禁将手中的玫瑰狠狠地摔在了地上，花瓣全都摔碎了，男人上前揪住曾经的衣领子骂：“你这个浑蛋坏了我的好事！我和女朋友约好在这张排椅上见面的，我只迟到了十分钟却连她的影子也没见到，只看见一张留给我的纸条和你这么个浑身恶臭的醉鬼，全都怪你！”

曾经接过男人手里的纸条，看到上面有一行字：“去死吧你，胖子！你还不如这醉鬼守时！”

曾经哪里知道这个男人是来和情人偷会的，他们选择这个隐蔽的街角花园就是为了避人耳目，但也许是曾经抢占了他们的位置，女人没等到男人来就走了。

曾经迷迷糊糊怎么能知道这些呢？他和男人吵了起来。吵架声也越来越大，最后还动起了手。男人凭借粗壮的身体打得曾经节节后退，曾经慌乱中抓起排椅上一件黑乎乎的东西朝男人挥舞过来，男人招架不及，连挨了几下，疼得嗷嗷直叫，最后见再打下去也占不了什么便宜了，干脆脚底抹油溜了！

曾经正站在原地发愣，只听嘎的一声，身边突然停下一辆摩托车。摩托车手几乎是从车上跳下来的，他一下车就把曾经紧紧地抱住了，嘴里还一个劲儿地向曾经说：“谢谢谢谢！我就说这个世界上还是好人多嘛，快把我的包还给我吧兄弟，包是我丢的！我快急疯了！”

原来，曾经慌乱中从排椅上随手抓起来当武器的正是一个黑色皮包，而摩托车手就是失主。摩托车手怕曾经不相信自己，赶紧又补充说：“兄弟，你打开包看看是不是里面有三万块崭新的人民币，五张信用卡，一张叫张立万的身份证和一双没拆包的长筒丝袜？我就叫张立万啊！”曾经听了赶紧打开包来一看，没错，摩托车手说得丝毫不假，曾经就把皮包还给了摩托车手。车手接过包来感动得双眼通红，迅速地从包里拿出五百块钱塞进曾经手里说：“兄弟，没有你今天的拾金不昧，那我损失可就大了！多亏了你啊，你是个好人，这点钱是我的一点心意，请你千万收下，别嫌少哇！”曾经稀里糊涂睡了一觉，跟人莫名其妙地打了一架，现在又成了拾金不昧的好人，一时脑子还没转过弯来，但他知道这钱自己不能要，他有自己的原则，人穷志不短！

曾经坚决不要这钱，摩托车手被曾经的犟劲儿气坏了，只好将钱往地上一扔，骑上摩托车发动着火载着女友就走！曾经捡起钱来迅速追赶，因为跑得快，很快就逼近了摩托车，正在这时，摩托车由于加速过猛躲避不及前面的障碍物，竟一下撞在了路边的一根粗电线杆上！车手当即被甩出老远躺在地上，头顶破了一个血窟窿。曾经这下吓坏了，知道自己闯了大祸，把人家追出事来了！他奋力冲上去一边抱起摩托车手用自己的手巾包扎他的伤口，一边呼喊着叫人赶紧打电话报警！这时车手的女友从地上爬了起来，尽管她伤得不重但她非常愤怒地对曾经说：“你这人是不是神经病啊？赏你五百块钱拿着就行了，难道还嫌少吗？现在出事了，你高兴了！”曾经听了满腹委屈，但他实在说不出什么，只好抱着车手上了紧急赶来的救护车。

在医院里医护人员为车手紧急施救，但发现车手是O型血，而医院血库里O型血正在告急！医生只好询问车手的女友血型，只见车手女友吓得连连倒退并一个劲儿地说自己是B型血根本不合适。医生又问曾经，曾经想起自己进城时曾接受过体检，恰好自己是O型血，于是一撸袖子对医生说："抽我的血吧，我是病人的兄弟！"

医生迅速抽了曾经二百毫升血液，等曾经一脸苍白地走出抽血室，车手的女友感动得上前扶住曾经，关切地问："你没事吧？看来你的确不是一个贪图便宜的小人，你真是一个好人！"曾经听了疲惫地笑了。

正在此时，突然有个人从医院挂号窗口处向这边跑过来，来人边跑边向这边喊着："玉翠、玉翠！我可找到你了！"曾经猛一抬头，原来是那个给自己捎信的老乡！老乡却并没理会曾经，他径直奔过来一把拉住车主的女友就往自己怀里拖，把曾经吓了一跳！曾经又哪里知道，原来这个女人就是老乡老家屋里的女人玉翠。老乡经常外出打工，那女人玉翠耐不住寂寞、守不得空房，就靠着几分姿色也偷跑进城里给一个黑婚介所当起了婚托儿，专门靠出卖色相获利。女人的事被老乡察觉后，女人怕男人跟她算账干脆就不回家了。

此时女人怕男人打她，用力拽住曾经的手不放，并一个劲儿地往他身后躲，女人苦苦求曾经救救她，她根本不认识这个男人！曾经哪里知道他们的关系，他挡住老乡，想劝他冷静点。可谁知老乡突然照准曾经的面部狠狠揍了一拳头！曾经的脸接着就青了。老乡把他当成女人在城里新处上的相好了。老乡块头比曾经大不少，劈头盖脸地朝着曾经一顿狠揍，曾经快招架不住了，本来不想回击的他逼于无奈也开始反击起来，在一个大理石柱子前，曾经机灵地一伸腿，把横冲直撞的老乡给绊倒了。曾经怕老乡爬起来再打，干脆一个跃步跳上老乡的后背，将老乡重重压在了身下。

曾经在老乡身上苦口婆心地解释，但老乡还是气愤难消拼命地挣扎个不休，正在曾经不知道该怎么办时，他又看见一群身穿保安制服的人从楼梯上快速跑下来！他们二话没说，把曾经拉开，将趴在地上的老乡死死压住，然后其中一个人突然掏出手铐来把老乡给铐住了。曾经不明白眼前发生了什么，一个穿制服的大汉走过来热情地拍着他的肩膀表扬曾经说："谢谢你小伙子！是你帮了我们一个大忙啊！这家伙我们盯了好些日子了，经常来我们医院作案，偷窃病人的钱财，只可惜前几次都让他给跑了。这回我们通过监控发现你俩在厮打，估计是这家伙作案被人发现了，通过以前的录像比照，我们发现他就是屡次盗窃病人钱财的那人！我们赶紧冲下来助你一臂之力！幸亏是你把他给制服了呀。真不错，你是一个见义勇为的好小伙子！"壮汉保安说完，就将戴着手铐的老乡押上了警车。

看着警车呼啸着远去，曾经一个人像是傻了，呆呆地留在原地陷入了沉思。

国家荣誉

1.亡命天涯

时近黄昏，天上下起了绵绵秋雨。

莫妮卡一个人逡巡在阴冷的异乡小道上，这是一座名叫瑟贝的内陆边疆小镇，离莫妮卡祖国克里斯亚首都斯坦利足有一万公里。莫妮卡刚刚拐进一条小巷，前方即涌出几条彪壮的黑影。莫妮卡内心一惊，就要转身，却猛然发现身后也逼近同样穿戴的黑影。

莫妮卡大惊失色，将身上的风衣用力一裹，正要硬着头皮往前冲，却几乎同时被前后涌上来的黑影夹住。

莫妮卡嘶声尖叫挣扎，却像张纸片一样被捂住嘴巴，然后被带上一辆加长丰田越野，渐行渐远。

随着汽车在瑟贝郊区飞驰，深度惊恐的莫妮卡明白自己这一次凶多吉少，于是默默寻找着逃跑的机会。黑暗中，她将被反剪捆绑的双手竭力伸向臀部右侧，在那里风衣下面，有一把精巧的女式乌列儿手枪，被莫妮卡黑色的吊袜带系着。

莫妮卡悄悄环视丰田车后箱，靠近她身边的三个壮汉正低着头打哈欠，莫妮卡绞尽脑汁地想主意，没想到车子吱的一声猛停下了。

三个壮汉迅速站起身打开车门，顺手将莫妮卡拉起来一把推到车下。然后他们正要依次跳下车时，空旷的野地里突然爆出啪、啪、啪三声枪响!

就见夜色里的三条黑影轰然倒地，而趴在地上的莫妮卡飞快地爬起身来踉跄地逃离。原来，是莫妮卡背冲他们扣响了手枪扳机，虽然莫妮卡被迫使用的是一种高难度动作，然而命中率竟是百分之百!

车上剩下的壮汉听到枪声跳下车，好大一会儿还没缓过神来，随后他们气急败坏地发动车子咆哮着去追。茫茫山野，一辆开着强光大灯的越野车疯狂地追着一个衣衫不整的女人，女人在瓢泼似的大雨里连滚带爬逃向一处悬崖，就在汽车将要碾上身来时她突然纵身一跃！而她身后的越野车也因刹车不及一冲而下……

三天后，一个衣衫褴褛的女人出现在瑟贝乡镇的一条土路上，她狼狈不堪的样子吓坏了正在农田里耕种的菜农。这个人就是大难不死的莫妮卡。

莫妮卡终于找到一部私人电话，颤抖着双手拨了一串号码：对方先是电脑询问了一下密码，莫妮卡再次输入密码，然后那边终于有了回声。

“喂！……科里？”

“谁？”“我是莫妮卡！”“老天！莫妮卡，你还好吗？”

终于听到熟人的声音，莫妮卡哭出声来：“科里，我不好，很不好！我快死了……”

“发生什么事了？你怎么了？”科里在电话那端大声地问。

“有人要杀我！你在哪儿？我现在还能相信谁？”莫妮卡痛哭流涕。

“一定要挺住，莫妮卡！我了解你的处境，因为我的日子也不好过！要不是昨晚我从旅馆里逃跑得快，也许没人能接到你的电话了！告诉我你的地址，我去找你！”

“不，还是我去找你！”莫妮卡坚定地说。

2.巨疑天降

莫妮卡一直抄小路，搭农用车，尽量远远地避开城市，即使有钱也坚决不坐飞机，整整历时两个多星期才赶回首都斯坦利。

莫妮卡将自己化装成一个又老又丑的妇女，乘坐的士往返迂回数次才径直开进了米图大厦的地下停车场。

这里就是她和科里约定好的见面地点。

莫妮卡手持一块又干又硬的黑面包左右环顾，终于发现前方不远处有一辆黑色老式法拉利轿车，在轿车尾部的位置上有人用口香糖贴上了三个大小不一的圆点。

莫妮卡兴奋地走过去，因为只有她才能看懂这三个小圆点，它们分别代表着太阳、地球和月亮。

很快，一个烫大红波浪鬈发的时髦青年朝莫妮卡走过来。

“快，上车！”莫妮卡听到了熟悉的声音，原来他就是乔装后的科里！

两人飞快地上了车，莫妮卡一直吃惊地望着红毛青年疑惑道：“上帝，科里你是怎么做到的？”

“莫妮卡，说真的你这造型可真不怎么样！我带了假面具，光这个就花了我五千欧元！”

“还有法拉利！你居然敢在斯坦利招摇过市？你就不怕？”

科里一边发动车子，一边狠狠地说：“莫妮卡，我们都是这个国家的精英！精英你知道吗？我们本该每时每刻都坐在舒坦的空调室里品尝大餐，或者去太空舱里加强训练！可现在我们像什么？还不如一只丧家之犬！”

“是啊，谁也不知道我们的明天会怎样……”莫妮卡听了眼光呆滞，默默私语。

“所以我要花光自己的积蓄，死也要死得爽快！还有，我才不怕什么那林！如果这一切都是他在捣鬼，我就是变成厉鬼也不会放过他！”

莫妮卡惊恐地望着科里说：“你是怀疑我们遭到了那林的追杀？他可是我们国防科技部部长！是他亲口说过这次重大事故与我们毫无关系！我们只是宇航员！”

科里摇摇头：“别幼稚了，除了他还能有谁？我快被这种日子搞疯了！我们俩分手后，你都躲到哪里去了？”

“我去了一万公里外的瑟贝，很久以前我就梦想去那里，却无论如何想不到去是为了逃难，而且依然没有躲过追杀！”

“你有写日记的习惯，他们早已破译了你的电脑程序。”

“我们现在要去哪儿科里？告诉我你现在可以让我信赖吗？”

“莫妮卡，你冷静点！我们去找及森！我在网络上刚刚发现一条他十天前留给我的短笺，及森有些神经质地告诉我，如果走投无路时就去找他！”

“但愿及森还是及森！以前我们可都亲如手足！”

科里与莫妮卡边交谈边一路飞驰，很快便来到一处偏僻的富人别墅区。这里地势空旷，别墅分布间隔很远，显得冷冷清清。

两人悄悄下了车，径直奔向一处门前挂有三个大小不一的花环的别墅（他们当然看得出这是什么意思）。别墅是空的，居然没有人，科里拉着莫妮卡一直来到顶层阳台才发现，一个人静静地挂在半空中，一张熟悉的脸因痛苦而变得酱紫扭曲……

及森自杀了。莫妮卡和科里非常伤心和失望。他们从及森怀里掏出了一封遗书，是写给科里的：“科里，我最好的兄弟。如果是你赶在他们之前找到了我的尸体，那么请你去储藏室看看吧，我是这个国家永远的罪人！”

科里和莫妮卡急速奔向别墅的大储藏室，呈现在他们面前的东西让他们不寒而栗：那分明是一个足有两个大衣柜那么大的三厢加速器卫星主发动机！

3.弥天大谎

如果时光回溯到两个月前，那么科里和莫妮卡无疑都是这个世界上最幸福的人。

他们等待了七年的一次飞行终于来临。他们幼时的梦想终于有机会要实现了!

全世界都在关注着发生在首都斯坦利的一次注定要载入人类文明史的大事件。载人宇宙开采飞船同时携环月卫星“FQ”发射在即!

科里和莫妮卡作为首选宇航员不但要乘坐宇宙飞船飞上太空，而且同时还肩负着将环月卫星成功送上轨道并及时进行太空作业的神圣使命。

如果“FQ”成功发射，人类的航天史不仅又将翻过新的一页，而且还可以从此将月球上三分之一的太阳能援引至地球，并将月球环形山地形所富有的稀有元素硅、铀、稀土进行纯度提炼，从而彻底改变人类资源缺乏的现状，改善人类生存境遇!

全世界有两千家主流电视台同时直播发射盛况。

科里和莫妮卡一直处在幸福的晕眩中，他们为此整整等待了七年，他们的名字将被永载史册!

然而，意外的出现像一颗炸弹将所有人的神经炸得粉碎!

就在全世界将关注焦点放到“FQ”的点火时，科里和莫妮卡被通知参加一次紧急加密会议——

“FQ”载人飞船机舱处的最外侧，在最后一次全方位检测中突然发现了黄豆大小的凸起!

国防科技部部长那林紧急调集极少数顶尖专家进行最后论证，结果非常遗憾：近半个世纪前，美国人自以为是地热衷于载人宇宙飞船发射时，就曾先后两次出现过类似的状况，结果稍有航天常识的人都知道历史的悲剧，那两次发射一次以震惊全世界的爆炸失败告终，另一次则是所有出发的宇航员都葬身太空!

这极少数顶尖专家的一致意见是：立即停止发射“FQ”。

白发苍苍的那林在万般无奈下只得同意了这一意见，但同时他又向极少数专家包括两位即将升空的宇航员莫妮卡和科里下了一道死命令——任何人不得泄露半点消息！否则立即以泄露国家机密罪判处极刑！——电视直播照常进行!

于是，所有专家剩余的任务立即成为如何伪造直播发射场面，同时干扰其他卫星对“FQ”的监测。而科里与莫妮卡则被安排在一间模拟机舱里，要继续进行升入太空的航天表演!

这道命令简直让科里和莫妮卡无法接受！他们感到自己受到了天大的侮辱，极不情愿去帮那林圆这个弥天大谎!

然而那林已经把话说死，并一再申明这么做都是为了国家荣誉：“‘FQ’的发射意义深远，即使我们伪造了发射场面，如果能够成功，那也将是对美国等众多世界大国的震撼，这是我们向世界宣告自己综合国力世界第一的一次重大契机！在国家荣誉面前，还有什么是不能服从的吗？”

科里和莫妮卡妥协了。他们在这起几乎不可能完成的事件中，充当了重要演员。

而所有知道内情的世界顶级专家将所有精力用在了如何应对全世界的测控站、统一S波段航天测控网、天文测量网上……于是，轰动全球的"FQ"发射照常进行，而且最终居然"非常顺利"。

全世界沸腾了!

科里和莫妮卡就那样躲在地上的某个模拟太空舱里，进行了所有的太空表演。

然而他们俩并不知道，当他们走出那间模拟太空舱时，那林亲口告诉他们要对他们实施特殊监视居住。时间：无期。

十个小时后，他们俩几乎又是同时在同一间屋子里收看了爆炸性的电视新闻：国家新闻部发言人亲口声称"FQ"于太空中突然失控，飞船与环月卫星同时香消玉殒……

科里和莫妮卡忽然醒悟，这就意味着国家国防科技部已经为他们判了死刑。全世界都在为他们命丧太空而感到伤悲。所以迎接他们的，如果不是漫漫的牢狱之灾，那也将是悄无声息的杀戮!

4.惊天陷阱

明白了处境，科里和莫妮卡只想在这性命攸关的时刻尽快逃离魔窟。

幸好他们均受过长达十年的各种特殊训练，那些秘密特技本应是应对太空上意想不到的天灾使用的，他们无论如何没有想到有一天会在引力正常的地球上用来对付自己的同类!

事实也的确如此，他们成功逃离了监守。然而他们站在一座巨大的高速立交桥下，一时竟失去了人生的方向。

何去何从？这是一个问题。

或许一切只是他们的妄度猜疑？国防科技部根本就没有打算结果他们？相反，会好好给他们养老送终？

两个迷惘的人为求自保，最终也只能分道扬镳，静观其变。

于是，莫妮卡和科里虽天各一方却都毫无例外遭到了追杀……

现在，他们狼狈地找到曾经在基地护卫队担任队长的亲密战友及森，及森却自杀了。两人在及森储藏室里发现的东西却赫然是“FQ”的主发动机，这难道不是天方夜谭吗！

科里和莫妮卡围绕着这个曾经维系着他们生死的机械看个不停。突然，莫妮卡惊讶地叫起来！与此同时，科里的嘴巴也张成了巨大的O形。

眼前这个携有三厢加速器的卫星主发动机从外表看没什么异常，然而曾受过航空绝密知识高等教育的莫妮卡和科里仔细观察后发现，它里面竟然缺少了致命的五部精密芯片！这五部精密芯片不仅作用极其关键，而且价值超过三亿欧元！

难道是有人先下手为强？不！科里和莫妮卡都知道，这些芯片都是在飞船最核心的发动机部分，制作伊始就同时植入内部加工而成的，为的就是防止丢失或损坏！

科里和莫妮卡互相对望着，眼睛里写满了绝望和恐惧。

难道——这五部精密芯片压根就没有植入飞船？也就是说，举世瞩目的“FQ”载人开采飞船及环月卫星竟是一个彻头彻尾的骗局？它压根就是一个徒有虚表的空架子！

联系到发射当天发生的一切，科里和莫妮卡蓦然猜疑，莫非这一切都是早已设计好的陷阱！是有人在“FQ”的制作过程中偷施了手脚，不但贪污了无可估量的原料与科研资金，而且事先就早已完成了所有迅速应对发射失败的准备。

这是一幕惊天陷阱。

导演这一幕的，只能是国防科技部部长那林！因为只有他才有绝对的人事领导权。

科里和莫妮卡想到这里，心情冰凉沉重。科里想对此说些什么，但一张口却对莫妮卡说：“莫妮卡，看来我也得化装成一个老太婆了。”莫妮卡失魂落魄地答道：“我也很有戴一张假脸的必要！”

要想与国防科技部部长打交道，他们都晓得，那太疯狂了！

科里和莫妮卡刚想如何才能把遗失芯片的“FQ”主发动机移走，储藏室门外却传来阵阵急促的脚步声。趁脚步纷纷冲向阳台，科里和莫妮卡迅速潜出了别墅。

莫妮卡正要往科里的老式法拉利那边跑，却被科里一把拽住朝相反的方向跑去。紧接着，平地里发出轰的一声巨响。

科里和莫妮卡转过身来，亲眼目睹了那辆来时的法拉利瞬间已是粉身碎骨！

5.老虎吃天

科里和莫妮卡坐在斯坦利一家偏僻的地下咖啡厅里，整整一天两个人都在发愣，他们想不出该怎么做。

“整个基地已经失控，这个国家疯了！”莫妮卡喃喃自语。

科里却将手往桌子上狠狠一拍吼道：“说什么国家荣誉？那林这个老浑蛋！真他妈见鬼！”

“你说他这次贪污了多少钱？”

“至少应该有三十亿欧元，或者三十亿英镑也不止！”

“上帝！”莫妮卡双手捂脸，她忽然意识到，原来自己从大学毕业一直到现在的十多年的青春全都被毁了。

“我们应该阻止这一切，至少应该让那林受到惩罚！”科里怒吼。

“可我们拿什么拼？他一挥手整个国家都是他的人。”

“任何人都有缺陷，就像精密的宇宙飞船……”突然，科里像是想起了什么，对莫妮卡悄声道，“还记得迪琳吗？对某些人来说，有些微小的缺陷就是致命的！”

莫妮卡一下子想到了基地那个金发碧眼的美女秘书迪琳，那可真是一个天生尤物！身材曲线直逼黄金分割，说起话来能把人骨头说酥，一双水蜜桃似的大眼更能把任何人的魂魄勾走。莫妮卡记起来，那林每次去基地视察都是钦点迪琳陪同的！

“你是说，用迪琳去引诱那林？”

“你认为呢，莫妮卡？有哪个女人不会对三十亿欧元动心呢？你会不会？”科里直到此时才终于有些放松。

而莫妮卡脸上也露出了难得的笑容：“当然！”

趁着夜色，莫妮卡和科里驾驶一辆计程车来到了迪琳住处。

“你以为那林那种身份的人会来迪琳家鬼混？”莫妮卡表示怀疑。科里却说：“如果他聪明的话，只有离他的办公室远一点才能避免丑闻。”

科里刚说完，就见一辆宾利轿车缓缓停在迪琳楼下。几乎就是在一瞬间，一个苗条的身影如猫一样在两个魁梧大汉的护佑下滑进了车子。

科里自我打趣说：“看来我错了，那林那个变态狂偏偏要在最危险的地方处理最危险的事情。”

科里和莫妮卡开车紧跟，左拐右转在郊区一个树林附近停下。前方车上走下两个保镖，远远走开进入警戒状态。

“你有没有好办法？”科里有些无奈，“我完全能对付得了那两个人渣，但我担心会打草惊蛇。”

莫妮卡眼中发射出顽皮的光彩：“那就把他们交给我好了。”

莫妮卡说完首先下了车。远远地，科里笑了。因为他发现莫妮卡的确是太棒了。她一出马，魅力丝毫不亚于那个迪琳，莫妮卡只是挥了挥手，两个保镖就兴奋地冲她走过去。

科里向宾利轿车逼近，猛地拉开车门闯进车厢，两人霎时扭作一团！

6.九天奇闻

科里毫不手软，手中的枪立刻就指在了那个白发胖子的脑壳上。

“尊敬的部长阁下，您还认识我吗？如果您记性还好，不会忘记就是您亲自下命令想要我的命！”

那林惊慌地浑身颤抖：“你是科里？你这么做非常危险！快拿开你的枪！是我下指令对你们宇航员进行监视居住，但我那么做是为了保护你们！不让你们受到伤害，否则损失惨重的将是我们国家！”

科里用枪托狠狠砸了一下那林的脑袋：“少跟我提什么国家！你干的好事！”

部长那林情不自禁低下了头道：“的确，我承认这是一场地地道道的丑闻，但你知道身为一个国家的国防科技部长压力有多大？就是总统也需要私生活！”

“够了！部长阁下，没人关心你的私生活！我今天是来戳穿你的惊天阴谋，先不提你派员追杀宇航员的事！”

“我？追杀宇航员？你在胡说什么科里！你疯了？”

“疯的是你！你为了疯狂敛财居然打起了‘FQ’的主意！你不仅欺骗了全世界，而且也把我们当成了傻子，‘FQ’压根就没有装备燃料和发动机芯片！它只是一具空荡荡的垃圾！”

“你胆敢说‘FQ’是垃圾！它曾经耗费了我们多少航天人的心血！你在胡说什么？科里！”

科里忍无可忍地咆哮："好吧，到最后你也不肯承认自己有罪，现在就让我代表这个国家的人民把你送上西天！"说完正要开枪，一边的迪琳却突然开口喊道：

"科里住手！那林没做你说的事情，他还没有那个胆量。"

科里不屑一顾："你以为我会听你的？"

迪琳说："我了解他，那林不会那么做的。既然你所说的事情牵扯到国家利益，也许，我该说这件事与蒙欧拉有关……"

科里不解："蒙欧拉是谁？"

迪琳说："是我以前的情人，一个非常有魅力的男人。"听到这里，一边的那林也睁大了双眼惊恐地说："他是我的亲侄子，半年前是我把他调入了基地后勤部，而我和迪琳的认识也正是因为他的介绍……"

迪琳说："请相信我，我也不清楚这背后的内幕，但据我对蒙欧拉的了解，他是一个极度狂妄的人，如果真要有人敢打宇宙飞船和卫星的主意，那除了他，恐怕这个世界上不会再有第二个人了。"

"如果你、或者你，敢跟我撒谎，"科里恨恨地盯着眼前这对男女，"信不信我会杀了你们？"

那林痛苦地闭上眼睛问："你说'FQ'根本没有装备燃料和发动机芯片，这一切你是怎么发现的？"

"千真万确！我找到了自缢的及森，是他良心发现没有销毁'FQ'毫无用处的残骸，'FQ'发动机里价值连城的芯片和激光极管从一开始就没有被植入！"

科里越说越激动："这些丢失的'FQ'芯片和资金足够能使别有用心的人另外进行一次航空发射！"

那林痛苦地哀号了一声——如果不是装出来的，那么此刻他显然就要崩溃了。

科里心里惦记着那个名叫蒙欧拉的人，对眼前这对男女充满了厌恶："我既然能找到你们，就一定还能再回来！"说完，他跳下车子朝浓夜深处奔去。

过了不久，在他身后的宾利轿车里，忽然砰地传出一声沉闷的枪声。

7.天地挪移

莫妮卡望着一言不发的科里问："现在我们去哪儿？"

科里转动着方向盘转过头来，答非所问："刚才我时间久了些，你没遇到麻烦吧？"

莫妮卡疲惫地笑了："轻松搞定！"

科里忽然动情地说："莫妮卡，现在我想跟你说的是我们正危在旦夕，我打算去找一个名叫蒙欧拉的人，如果你怕，随时可以下车……"

莫妮卡郑重地摇了摇头："科里，我以为没有比我们宇航员捍卫自己的尊严，找回自己失去了的东西更重要的事了！如果死，我也选择死在这条路上！"

科里听了眼神发亮，随手拿起手机一边拨号一边笑着说："刚才是你出面搞定了两个身壮如牛的家伙，现在该看我的了，莫妮卡！”电话接通了：“喂，米开朗，我是科里，我当然还活着，你还好吗？对，我要你给我查一个名字叫蒙欧拉的人，当然我会绝对保密，对，有关他的所有资料！”

挂上电话，莫妮卡打趣科里：“没想到你比FBI还神奇，这个米开朗是谁？怎么什么都能搞到？”

科里一笑：“没办法，我们是光着屁股一起长大的，即使没有电脑，他的大脑本身就是一本宇宙牌的笔记本！”

电话又响，科里接起来，面色越来越凝重。“好吧，没错，就是他，看来我们得出趟远门了！”

车子在午夜的高速路上一路狂奔——两天后的一个深夜，那辆红色的标志807出租车在邻国纳塔尼亚桑的一个海边停下，车身已经被尘土遮掩成了灰色。

莫妮卡从车上下来悄悄伸了一个懒腰，对正在往腰上掖枪的科里说：“这里的海景真美，我喜欢这里的礁石……”

科里忙碌完拉起莫妮卡就走：“可这里埋藏着惊天罪恶，如果我们还能活着回来，就在这地方盖套房子住你看怎么样？”

莫妮卡兴奋地像个孩子：“你是说跟我？就我们俩……”两个人相伴越走越远，海风吞没了他们的对话。

一路崎岖走了一个多小时，科里和莫妮卡的前方猛然出现了一个巨大的礁崖凹处，两人定睛望去，不禁愣怔当场！

这简直就是一方天然的罪恶隐秘处，巨大的礁崖落差恰好呈半圆形拥抱着海洋，而在这天然屏障内的沙滩上赫然耸立着一架极其类似“FQ”的宇宙飞船及环月卫星！巨大的灰黑色发射架将其牢牢撑起，礁崖下聚满了密密麻麻的工蚁状的人。

关于“FQ”为什么会突然出现故障、为什么会从一开始就缺失关键核心部件的答案似乎一下子破解了，是以蒙欧拉为首的不法分子偷梁换柱妄图在纳塔尼亚桑另行发射！他们居心叵测！

科里和莫妮卡悄然走近礁崖穹顶，越往下看越惊心动魄，他们预感到马上将要遭遇一场天地大挪移似的殊死搏斗！

8.天理昭昭

科里和莫妮卡很快迂回而下，随即他们发现，这里的所有工作人员都身穿白大衣，嘴戴口罩。这倒不失为一个良机。

他们很容易掼倒其中两名，在换衣服时却恍然发现：他们不正是自己国家基地的航天专家嘛！

换好服装，戴好口罩，两人混迹于忙碌的人流，越走心里越凉！具有丰富航天知识的他们发现，这艘即将发往太空的宇宙飞船绝不仅仅是“FQ”的翻版，因为飞船上已经非常明显地搭载了巨型军事武器！难道有人要引发星球大战？

正当他们胆战心惊地在临时搭建的发射塔下乱走，突然一阵爆笑不知从哪传出来：“欢迎两位世界上最优秀的宇航员光临寒舍，遥远的中国有句老话——踏破铁鞋无觅处，得来全不费功夫。我曾经到处派人去请你们，也曾经奉劝过那个该死的废物那林，可现在地狱无门你们却偏偏闯进来……哈哈，其实我早就知道你们要来，要不然你们早在那个废物那林那里就死无葬身之地了！”

科里和莫妮卡环顾四周终于发现了安装在玻璃墙角落里的视频传感器。科里冲着它喊：“你是谁，是英雄就别躲躲藏藏！”

传感器再次传出声音：“好吧，我们开诚布公。”话音刚落，玻璃墙壁缓缓升起，在科里和莫妮卡眼前出现了一架伸向地下室的长梯。两人刚沿长梯走下，就见到了一个精神抖擞的眼镜男人带着一群白衣人走近。

“我叫蒙欧拉。”眼镜男人说，“听着，你们没有选择，只有服从。”

一伙白衣大汉立即上前押解着科里和莫妮卡登上一个铁梯，然后摁开一个按钮，轰隆一声巨响一扇大铁门打开了，科里和莫妮卡忽然感到巨大的凉意冲面而来，随后大门被关死，眼前雾气氤氲的地板上竟然躺满了被冻僵的尸体。

这不仅是个巨大的冰库，简直就是蒙欧拉的暴力集中营！

不一会儿，两人就撑不住了。

莫妮卡大声问科里：“我们就这样去见阎王吗？”

科里颤抖地回声：“不，我们乖乖投降！”

说着两个人正面朝外，双双痛苦地举起手臂。不一会儿大门轰隆一声打开了，蒙欧拉正面带微笑站在门口。说时迟那时快，科里向莫妮卡使了一个眼色，两人迅速将蒙欧拉拽进冰库，同时抬手间已将按钮关死！

见蒙欧拉被关进冰库，几名大汉立即冲上前来阻止，科里和莫妮卡手里的枪随即炒蚕豆一样地响了，几名大汉应声栽倒。

科里开始放声对脚下人群怒吼："大家都听我说！我知道你们都是世界上最好的科学家，但是现在你们做了什么？难道仅仅是为了钱？是的，钱能买到很多东西，但是钱能买到你的灵魂吗？你愿意让自己的灵魂在午夜时分备受上帝的鞭笞吗？"莫妮卡一边听科里讲一边用枪警戒。

科里继续呼喊："醒来吧大家！你们都是人类的精英，发起一场世界大战对你们有什么好处？！试问你们没有妻子儿女吗？难道你们不向往美好的爱情、幸福的生活？让我们做自己好吗？现在这个野心家蒙欧拉被关进了冰库，是他罪有应得，但是，我不会让他死，我们不想让任何人死！我们这么做，只是为了自己的良心！"

科里看见有人摘下了面罩，有人点头，甚至有人支持自己的观点，嘴里直嚷道："不干了！"科里继续着他英雄似的演讲，动情处泪水潸然。莫妮卡也开始用崇敬的目光望着科里。

科里边讲边摁动了身后的冰库大门，大门开启，蒙欧拉早已经冻得躺倒在地不省人事。科里搀扶起蒙欧拉，再次向众人喊道："现在，我们进入飞船，剩余的事情就全靠各位了！我真的不希望花费如此巨大代价的飞船被瞬间毁掉，我想它一定能帮我们做点正经事！"

人群里响起一片支持声。科里与莫妮卡迅速搀扶着蒙欧拉进入飞船。一关上船舱门莫妮卡忽然怒从中来："科里，你疯了？还不把搭载的军事武器拆卸掉！还有，你带这个该死的蒙欧拉上来究竟想干什么？"

科里却正色道："莫妮卡，你以为现在的局势能让他们轻松拆卸武器？你保证这中间不会发生意外？再者，我们不能毁掉这代价昂贵的飞船，这是国家财产，换句高尚的话说，这是人类共同的财富！带蒙欧拉上来完全是担心地面有变！"

莫妮卡明白了，她冲科里做了一个鬼脸，专心致志地配合科里，等待点火！

巨大的火焰腾空而起，在天地剧烈的轰鸣声中，飞船顺利启程。那炽烈的远去的火焰，仿佛也正代表了所有地面上曾经迷失的科学家的心愿……

"一切正常，飞船进入预定轨道！"科里一直与地面保持密切联系。同时，莫妮卡按科里授意，正在联系呼叫祖国克里斯亚首都斯坦利基地总部与国防新闻部电话："喂，我是宇航员莫妮卡，代号321OPCUERK！对，我们的'FQ'没有销毁，我们正安全行驶在太空中，只不过现在位置是F0CKESI4276T！"

科里见莫妮卡联系祖国成功，立即摁动了手边一处按钮，随着咔嚓一声巨响，搭载在飞船上的巨型军事武器被科里永远甩在了太空里，彻底成为毫无用处的垃圾！

这时科里身后的蒙欧拉忽然清醒过来，歇斯底里地大喊："不要……"可为时已晚，绝望中的他猛然摁动了手里的按钮，倏的一下也将自己弹出了飞船，飘向了神秘的太空。

"这一切是不是太完美了？太不可思议了？莫妮卡！接下来你说我们该怎么做呢？"

科里话未问完，莫妮卡早已歪过头将一串热吻送上来。于是在遥远的克里斯亚首都斯坦利电视转播画面里，出现的第一个镜头竟然是两个宇航员隔着厚厚的宇航服深情亲吻的画面。

整个世界都为此而晕眩！

你是一个好人

1

临下班前，郭健意外接到一个电话。

电话是高中好友苗本玉打来的。“郭健，我明天结婚！你看着办吧，别人不来可以，你要不来我可跟你急！”

郭健听了，吃惊不小。早听说这小子大学毕业就在北京发展，怎么才结婚？现在同龄人的孩子都上小学了！

郭健高兴地答应了，只要没有特殊事情，他还是很想参加老朋友的婚礼的。

苗本玉还在电话里兴奋地说：“这次我特地要在村里请客，让新娘子尝尝咱们的农村宴席！你可一定要来啊！”

郭健满口答应下来。第二天傍晚下班，他立即骑车朝苗本玉的村子赶去。

理所当然少不了一顿海吃海喝，郭健吃得满嘴冒油，一个劲儿喊爽！最后，郭健还和苗本玉老家的一帮兄弟狠狠闹了闹新娘。郭健生活的这个地区，非常时兴闹洞房，而且闹得越凶越好。

最后，到了夜的下半段，人才逐渐散去。苗本玉拉着郭健的手说快回，郭健嘱咐苗本玉说慢走。都喝高了。

2

初秋的晚月爬上树尖，乡村里夜晚非常寂静，村路一侧是一条哗哗流淌的小河。郭健回去的路上受冷风一激，酒醒了大半，车速也放慢了。

就在摩托车将从村道往一条水泥路上拐弯时，郭健突然听到路边的河道里有人呼喊救命！尽管声音很微弱，但郭健还是能听出那是个垂危的老人发出的声音。郭健赶紧捏下刹车闸，借着车灯往河道里瞅，这一看之下竟被吓了一大跳！

是一个老汉失足掉进河里了！

虽然河道里的水不深，只有一米左右的样子，但关键的是掉进河里的这个老汉是个醉汉！此时此刻老汉满身酒气斜躺在河水里，冰凉的河水就从老汉的嘴边流过。看来他是再没一丝站起来的力气了，情形十分危急！郭健心想还不救人等什么啊？要出人命了！

郭健就救了老汉。

谁料老汉一得救马上精神起来，虽然嘴冻得又黑又紫，却一个劲儿缠着郭健要联系方法。“知恩图报啊！”老头说，“俗话说得好，受人滴水之恩应以涌泉相报哇！请恩人留下地址！”

郭健眼看不按老汉说的办也不好走人，也就无奈留下了联系方法。郭健重新骑上摩托车，走出老远回头，见老汉仍一直站在原地目送他。这让郭健好生感慨：“谁家的老爹这么晚了不回去，家里也不找找！不像话！”

3

第三天是礼拜天，郭健正在家给上海的表弟写信。有人敲门。郭健打开门，迎面站着一个身材玲珑、面貌如花的女孩子。不过看打扮儿，像是来城里打工的，美丽中带着一点土气。

隔着防盗门，郭健客气地问：“你找谁？”

女孩子礼貌地回答：“请问你是郭健先生吗？”

郭健回答：“是啊，你是？”

女孩子听了兴奋地喊道：“可找到你了郭大哥！我就是专门来找你的！”

郭健仍感到奇怪。只听女孩子说：“我爹叫孙宗宝。那天晚上就是你好心救了我爹一命！要不现在我们哭都找不到地方哭去！”

郭健一拍脑门儿总算明白过来了，忙把女孩子让进屋，给她倒茶。

女孩子把一袋地瓜哗啦一下堆到茶几上，说：“我来代表我们全家感谢你郭大哥！请你一定收下！”

“好好，我收下。”郭健想干脆来点实在的，兴许女儿爱吃这一口呢，就没推辞。郭健围绕着屋子走了一圈，去隔壁房间拿出两大串鲜荔枝来。

“你看你来，大哥这儿也没有什么好吃的，把这个捎回去吧。”

女孩子坐在沙发上没接话，眼睛却总在四处寻摸，丝毫没有要告辞的意思：“谢谢你大哥，你真好！我吃过这东西的，是荔枝吧！我可喜欢吃了！”话音像一阵风铃。

郭健无奈，只好又走到电视机橱下，拉开拉门拿出一件厚围巾来。

“妹子，天冷了，这条围巾你拿回去给你爹。这是我以前围过的，你们别嫌是旧的啊！”

女孩子爽快地接过来说：“我爹见了不定多高兴呢！谢谢大哥！”

女孩子说完话还是没走，老拿眼睛在屋子里四下扫。而且，情绪一下子变得低落起来。

最后女孩子终于开口说：“郭大哥，我跟你说实话吧，这次来我不光是来谢你的，我还是来求你的。我们都知道你工作单位好，收入又高，尤其是人品更好，要不你也不会救我爹对吧？可我现在遇到难处了。我在工厂里打工时，违规操作把人家女孩子的手给绞了，鉴定结果说是二等残废，我得包人家的治疗费、营养费、误工费、青春损失费——她男朋友都因为这把她甩了，还有好多好多的费。你说我一个临时工……我吓坏了，哥……”女孩子说着说着就哭起来，样子非常可怜。

郭健瞧在眼里，心里酸酸的。他问女孩子："那你需要多少钱？……"

"三万。"女孩子边哭边说。

"三万？"郭健倒吸一口凉气。

"大哥，我知道你很为难，毕竟不是小数目，可我是实在没有办法了才来找你的，大哥……"女孩子终于从沙发上站了起来，说，"郭大哥，那我走了。"

"别……"郭健狠下心叫住女孩子，"我这里还有一千块钱，要不你先拿去用？少是少点儿，但我也不宽裕……"

女孩子接了钱，哭的声音更大了。

4

这样，郭健为了那超出预算的一千块钱，强迫自己戒了两次烟。但一周后的礼拜天，郭健家门上的门铃又被人摁响了。

郭健赶紧开了门。门一开，一个农村老太太左手提着两只老母鸡，右手挎着菜篮子就走进屋里来了。

郭健有些犯傻："请问大娘你找谁？"

"你姓郭吧？"老太太吃力地弯腰放东西，"就找你，他大锅（哥）！那天家里老头子不是眼看着待死，要你从阎王小鬼那哈儿给拽回来的嘛！"

郭健恍然道："哦，大娘，你赶紧把东西拿回去，我不能要。那种事谁见了都会帮把手的！不值得再提啦！"

"你这个孩子！救人就是救人嘛，谦虚什么？那晚上老天爷叫你们爷俩遇上就是老头子不该死啊！是咱两家子有缘哪！你说我拿只鸡看看你这个孩子还不行吗？……”

郭健说：“家里妹子早来过了，这么点事您不用再破费了……”

老太太一听，忽然生起气来：“她过来干啥了？唉，他大锅，你不知道，儿女不孝啊！闺女还稍好点，儿子个个都是狼豺虎豹哇！”老太太开始一把鼻涕一把泪地说。

郭健心想，怪不得老头子掉进河里都没人问呢，原来是儿女不孝！这时老太太走近郭健，紧握住郭健的手说：“他大锅，你能不能先借给我五贝（百）块钱使？你是不知道，我和老头子眼看着要饿死了，没人管哪……”

“多少？”郭健问。

“五贝（百）。”老太太说。

郭健转身回去从书橱夹页里拿来五百元钱，递到老太太手里。他平生最恨不孝的人。“大娘，这样，钱我先借给你，但是您老人家回去跟他们说说，别再叫人来了！再来我也不招待了。你回去好好劝劝儿女，一家人只有团结起来才能过上好日子嘛！”

老太太听了鸡啄米似的点头，一把鼻涕一把泪地走了。

5

对孙良金和孙良银的到来，郭健一点都没感到稀奇。

照例是个礼拜天。郭健正在家和娃娃比赛画画玩呢，打开屋门，俩牛似的壮汉杵在防盗门外。

“请问你们找谁？”郭健心里没底。两位壮汉一位提着桶花生油，另一位提着二十斤地瓜烧！看见这些东西，郭健问道：“你们俩姓孙？”

“对。”“和孙宗宝……一家人？”“没错！”两个人一齐说。“对不起，你们找错人了！”郭健大声说。“不可能！明明就是你！”来人声音也不小。“你们究竟想干吗？家里人不都来过了吗？”“我们兄弟俩是特地来感谢你的，救了俺爹……”

“行了，别说了。对不起兄弟，我今天实在太忙，得辅导娃娃画画，你们看这样吧……等我有时间了，我亲自去家里看望老人……”郭健这话就有些不客气了。

可两位根本不吃这套：“赶我们走哩？”

没办法，门已经开了。两人的海拔均高出郭健一头还多。

其中一个人已开始在屋子里乱窜。另一个人拐上了阳台。“你们想干什么！”郭健追进里屋。一个人端起娃娃的彩笔盒来问：“这盒子不错，送给我家小孩子念书吧！”一边郭健的女儿已经吓哭了。

“强盗！”郭健上前夺彩笔盒。那人又把彩笔盒迅速放回去。“别生气嘛，老兄！开个玩笑！”

另一个人在阳台上摆弄郭健老婆的长筒袜。郭健在其背后愤怒地说：“我喊三声，你给我放下！”来人道：“这种高鞠袜我老婆还从没穿过呢，送给你弟妹穿了吧？”

“一！二！”郭健没喊完，来人就将长筒裤袜迅速搭回了原处。

回到沙发上，郭健已经非常恼怒："你俩再这样我报警了！我这里不欢迎你们！请你们出去！"

"郭健，你是一个好人。我们没别的想法，就是想认识一个朋友，多条路走。"一个人说。

"直截了当地说吧，就是想借你点钱花花。我们哥俩实在是穷怕了，你多少救济点，是意思就行。我们知道你的为人。"另一人说。

"你们这和强盗有什么分别？我可对你们有恩！"郭健气急败坏。

"嗯？你还不知道吧，那天那个老糊涂在河里冻着了，现在连续发烧都快咽气了。都是因为你推他下河！……"说着，一个人从腰际抽出了一把微型水果刀，用小拇指肚儿来回磨着。

"我推他下河？血口喷人……""少啰唆，你能做个好人，应该也是个明白人！"那人将刀子又缓慢地揣进了怀里。

"要多少？……别吓着娃娃！""不多，一人就借你八百块。给钱我们马上就滚。"

郭健差点哭了，只能又一次掏腰包。

6

吃了一连串教训，往下几个礼拜天郭健没敢再在家里待。惹不起就躲，这事儿他也没敢和老婆提。太丢人了。

就在郭健准备彻底忘记这所有的不快时，一个礼拜天，郭健正在家里看球赛，门铃又响起来了。当时，郭健深深沉浸在中国队后来居下的悲痛里，眼睛还盯着电视远远一钩手就把屋门打开了。

屋门打开，那个最让郭健望而生畏的老汉就一下出现在郭健的面前了。“你来想干吗？”郭健脸都绿了。

“给钱。”他平淡地说。“给钱？我他妈给你狗屁！”郭健一挥手，手里就多了一把短剑，上面写有醒目的两个字：警用。

“别，好人。”老汉对郭健说，“我是来给你钱的。”

“给我钱？”郭健怀疑自己的耳朵出了毛病。

“就是给你钱。他们拿你多少，我双倍偿还！他们欠下你的孽债，统统由我来补！”老汉说得一字一铆，斩钉截铁。

“我不要你的钱。我只求你们以后别再来打扰我了。”郭健疲惫地说。

“不会了。”老汉说，“我保证他们永远不会再来了。”

老汉将手小心翼翼地探进怀里，抖抖瑟瑟地掏出一包钱来，递给郭健：“这钱是你应该拿的。收下吧！”

“这……我怎么能要你的钱！”

“你必须要，否则咱们之间永远没完。现在咱们两清了，我回去了。再见！”说完老汉径直往门口去，眼里还闪烁着泪。

“等等！”郭健也很感动，想不到丢出去的钱就这样回来了，而且还是双份。他走进里间，叮叮当当地拾掇出了一大包东西递给老汉。

“上了年纪，拿着这些玩意儿用吧。”

老汉接过来说："谢谢！临走，我还想问你要瓶酒带回去，你看合适吗？就当是可怜可怜我……"

"有，这里头就有，除了收音机和衣服，还有一瓶茅台，两瓶五粮液，都在里面了。"郭健望着老人的眼睛说，"拿去喝吧，我留着也没用。你也是一个好人！"

7

本来事情就到此为止了。可有一天郭健老婆在屋子里翻来覆去找不到她的珠宝钻戒时，就把火气全部撒在了郭健身上。

郭健吃惊地从她老婆嘴里听到了一条最新消息：她们刑警五中队近日在靠近城区的一个乡村里，抓获了一个犯罪团伙。该团伙分工明确，组织得力，专门入室诈骗、抢夺、盗窃、恐吓、洗钱无恶不作。但奇怪的是，他们为害多时作案多起，竟很少有人报案。

郭健陷在沙发里听到他们罪行的最后一条时，忽然浑身一哆嗦。老婆看见后，笑着打了郭健一巴掌说："怎么了？吓破苦胆了你？死德行！快给我找首饰去！"

郭健想笑没笑出来，用手遥指着书橱里的夹页，无力地喊："钱，钱……"

老婆迅速地打开夹页，掏出厚厚的一摞钞票，只看了一眼，就喊出俩字——"重号？"

我爱座山雕

1.天外来客

2004年的中秋节，对于家住石板镇汪水桥村的胡庆凤来说，是个相当值得纪念的日子。就在这个月亮特别圆的乡村夜晚，胡庆凤家里意外迎来了一位神秘的“天外来客”。

那天半夜，辛劳了一天的胡庆凤正在熟睡中，突然被一阵啾啾的巨大鸣叫声和拍门声惊醒。胡庆凤迅速披衣下床，从枕头下摸出木棍和手电筒几步就赶到了院子里。

这几年，胡庆凤的生活充满了酸甜苦辣，丈夫很早就患病去世了，独苗儿子许涛又在省城念大学，家里就全靠她一个人的肩膀扛着。不但要支撑清贫的生活，还要一个人对付各种心怀不轨、想讨便宜的男人，日子过得够苦的。

幸亏胡庆凤不肯轻易向生活低头，她靠着腿勤、脑子活，跟外村的能人学习了高明的养鸭技术，回到村里就在自家大院里盖了瓦房顶棚，养起了鸭子。一晃整一年了，这满院奔跑的几百只鸭子竟成了她胡庆凤和儿子许涛全部的生活花销来源。

所以，一到晚上听见门外有动静，胡庆凤丝毫不敢大意。她蹑手蹑脚来到了大门口，想看看究竟是什么东西惊扰了她的睡梦，她是宁愿自己受点委屈，也不想自己养的鸭子出半点闪失的！

胡庆凤循着不时传来的巨大声响，扒着门缝往外瞧，雪白的月光下，胡庆凤看见一只巨大的上下跃动的黑影，正在自家门上剧烈地扑腾，不时拍打得门板砰砰作响。

凭借多年乡下生活的经验，胡庆凤判断这是一只巨大的飞鸟落到自家门前了。既然不是什么歹人，她胡庆凤就不怕！天生一副善良心肠的胡庆凤把门轻轻地打开了，出现在她面前的果然是一只巨大无比的怪鸟！

这怪鸟瘦骨嶙峋，黑色长羽毛，白黑相间的嘴巴又细又长，嘴尖弯成一个大大的倒钩。胡庆凤看着眼前大鸟那庞大的身躯，散发着寒光的犀利的眼神，以及它利剑一样锋利无比的倒钩嘴巴，一时惊呆了。

地上的怪鸟不时发出凄凉孤独的叫声，整个身子哆哆嗦嗦抖成一团，胡庆凤猛然间明白过来：这只面带凶相的庞然大物是不是受伤了？或者是生了重病？要不然它不会颤抖着发出可怜的怪叫，半夜三更降落到自家大门口的。

那鸟一直用两只硕大的眼睛盯着胡庆凤。胡庆凤缓缓蹲下来，尝试着靠近它，用手轻轻抚摩大鸟的羽毛，大鸟见她毫无恶意，竟渐渐地放松下来，更显出一副有气无力的样子，不时还哽咽似的低啾几声。

胡庆凤将大鸟的这种表现理解为是它在求救，是大鸟生病了在哀求自己赶紧救救它呢。于是，胡庆凤没再犹豫，她抱起大鸟就进了屋子。灯光下，胡庆凤用手翻遍了大鸟的全身，并没有发现伤口。它一定是生病了！胡庆凤想。但深更半夜找谁给鸟治病呢？还是等到天亮再说吧！

胡庆凤重新回到床上，却怎么也睡不着了。屋子里，大鸟耷拉着脑袋，不时凄惨地叫几声，揪得胡庆凤心里一阵阵地疼。“不行，我得马上想法子救它，否则它会死的，怎么说这也是一条活生生的命啊！”胡庆凤再次起床，想办法为大鸟治病。

眼看大鸟已经奄奄一息了，胡庆凤看在眼里，急在心上。怎么办呢？她在屋子里转了几圈，忽然想起平时她给鸭子打针用的工具和药物还有些在床底下，能不能死马当作活马医，用治鸭子的方法救一下大鸟呢？这想法让胡庆凤好一阵兴奋，她很快就将药品兑好，开始对大鸟实施紧急救治。

谁知大鸟根本不买账，刚才还有气无力的它，竟然突然开始发威，将胡庆凤的手臂抓伤、啄破了。胡庆凤又痛又气，急得都跟大鸟说起人话来了：“好鸟儿，好鸟儿，我是来救你的，你乖乖地吃药打针，说不定你的病很快就会好起来呢！”说来也怪，大鸟仿佛听懂了似的若有所思地点了点头！再不阻止胡庆凤给它治病了。看它那乖巧的配合劲儿，活像一个听话的婴儿。

2.幸福时光

第二天一早，农闲在鸭场帮忙的本村小工许建立来鸭场上工，乍一见到胡庆凤怀里正抱着一只凶神恶煞的大鸟，惊得高声尖叫起来！

“庆凤姐！你……你这是干吗？你怎么敢搂着大雕玩呢！”许建立拼命打手势，示意胡庆凤赶紧放下大鸟。

胡庆凤笑着问：“怎么，建立，你认识这种鸟吗？”许建立仍然站在远处没靠前：“庆凤姐，这不就是一只大雕吗！前段时间许涛在家看电视剧《射雕英雄传》，那上头就有一只这样的大雕啊！这玩意儿凶起来可会吃人啊！”

胡庆凤听了却并不害怕，她把自己救治大雕的事情跟许建立说了，还笑着把怀里的大雕轻轻地放在了地上。“建立你看，这鸟样子虽然凶，但它不伤人，还挺乖的呢。也许我把它的病治好了，它对咱们就没有恶意了。”胡庆凤得意地说。

不过，胡庆凤好像突然想起了什么，急问许建立：“你说，它待在家里，会不会吃咱们的鸭子呢？要是它乱叼鸭子吃，那可麻烦了！”

许建立听了说：“这个你倒可以放心，大雕主要是吃动物尸体的，一般活物它大概不会吃吧！我也只是听老辈人说的呢。”

胡庆凤听了高兴地点点头说：“那咱们快给它弄点吃的，它可能早饿坏了！”

胡庆凤和许建立为大雕和了满满一盆子鸭饲料，站在大雕面前看它吃。可大雕根本不领情，对这种食物不屑一顾，连看一眼也不肯。

胡庆凤想到许建立说大雕爱吃动物尸体，就跑进鸭棚把死掉的鸭子拾掇了一大把扔在了大雕面前。

这下大雕突然间来劲了！只见大雕扑棱一下翅膀就跳将过去，用嘴飞快地啄食地上的死鸭子。看那情形，简直就是一副饥饿难耐的样子！好家伙，一气就啄食了十二只死鸭子。

看着大雕饥不择食的可爱样子，胡庆凤打心眼里喜欢上了这个样貌丑陋的庞然大物。不过，幸亏胡庆凤家的饲养场里每天都会死很多只鸭子，喂养一只贪吃的大雕还是绰绰有余的。

一晃一个月过去了，在胡庆凤的精心照料下，大雕逐渐恢复了英姿。只见它时而踱着慢步行走在鸭场附近，像散步一样悠闲自在；时而像小孩子似的跟在胡庆凤身后，半步不离，像她亲密的伙伴；时而大雕又扇动起它庞大的翅膀，一掠而起飞到鸭场上方的一棵大树上，用它那犀利的眼光俯视着整个鸭场，简直成了鸭场的保护神。

闻讯来看大雕的村人见此情景无不唏嘘感叹，羡慕得不得了。都说这大雕分明是受主人滴水之恩要以涌泉相报呢。每当听到人们的赞叹，胡庆凤的心里非常受用，大雕的到来几乎成了她家的守门神，它比狗还灵、还凶、还听话！

但是，有一天，不愉快的事情终于发生了！胡庆凤一天早上起来，竟发现大雕啄死了鸭场里的六七只活鸭子！胡庆凤看在眼里，非常伤心，她不相信大雕会忘恩负义偷吃活鸭子，可另一方面她不得不相信眼前的事实，大雕毕竟不是人，它是不会理解自己的损失的。

心痛的胡庆凤来到大雕面前，拔高了嗓门吼叫它：“你这个没良心的！你怎么能偷吃活鸭子呢？它们可是我的命啊！我救了你的命，你怎么可以去杀害别人的命呢？你简直太不像话了！”

外表凶狠的大雕见主人生气了，大骂了自己，居然像个做错了事的孩子低下了头，站在原地一动不动。

胡庆凤忽然心软了。她开始静下心来跟大雕交流“谈心”：“大雕啊大雕，你以后可千万不能这样干了！你知道我为什么救你吗？那是因为你是一条生命啊！可你不能辜负了我，又忍心去伤害别人的生命！以后你想吃鸭子，我们有的是，只是你只能吃死掉的鸭子，你懂了吗大雕？”

胡庆凤说完，惊奇地发现大雕居然又似懂非懂地点了点头，眨巴了几下眼睛，活像一个做错了事受了委屈的孩子。果然，接下来的日子里，大雕严格听从了胡庆凤的警告，再也没有偷吃过活鸭子。而且，大雕和鸭子们打成一片，像亲兄弟似的，友好和睦地相处起来。

从此，大雕就在胡庆凤的院子里当起了忠实保镖。平时只要有生人走近鸭场，大雕都会扑上去猛啄生人，直到胡庆凤大声喊它“住手”，大雕才肯罢休。

可以这样说，大雕的到来给胡庆凤孤单清贫的生活带来了生机和活力。

3.乔迁新居

一个周末，儿子许涛回家了。他在见到大雕的第一眼时，就被神奇的大雕震惊了。听完母亲的叙述，看到眼前的情景，许涛对家里来了这样一位贵客感到十分高兴！

但是，许涛毕竟是一名大学生。他一眼就认出了这大雕品种名贵，属于国家级保护鸟类。自己饲养是不对的，应该赶紧联系国家林业部门或者动物园的工作人员才是。

许涛把想法向母亲一说，胡庆凤立即陷入了矛盾之中。

按理说，自己亲手救活了大雕，又与它朝夕相处了好几个月，已经与大雕有了深厚的感情，大雕几乎成了她的孩子那样珍贵。要她轻易把“孩子”送出去，那是万万舍不得的。

可再一想，大雕毕竟是一条性命。像儿子说的一样，它是属于大自然的，是属于全世界的，应该让它回归自然或者到它应该去的地方才是。只有那样，才是真正拯救了大雕啊！

胡庆凤回答儿子说让自己再想想，她的心，乱了。

整整一夜，胡庆凤做了不少关于大雕的梦，思想斗争异常激烈，天亮时，她眼睛都熬红了。但最终，她还是同意了儿子的建议，把大雕送到城里的动物园去。她要让大雕回归自己的家园，而把所有的精力都用在养鸭上。

说到做到。于是，胡庆凤就和儿子一起，把大雕带到城里，找到了一家动物园的负责人，专门与之讨论大雕今后的生活问题。动物园长非常赞赏胡庆凤母子的做法，并且对胡庆凤详细介绍了大雕的情况。

据介绍，原来胡庆凤母子送来的大雕，正式名称叫作秃鹫，属于国家二级保护动物，秃鹫的别名又叫“座山雕”、“狗头鹫”，生活于深山裸石上，以鸟兽腐尸为食。

听了院长的介绍，胡庆凤一颗心就放心了。她没想到自己喂养的一只大雕居然就是戏剧里面经常提到的座山雕。胡庆凤平时最爱听《林海雪原》这出戏，没想到那个戴在土匪头上的绰号的真家伙，居然跟自己结下了缘分！

就在动物园工作人员准备把座山雕捉住并送进笼子里时，戏剧性的一幕发生了：座山雕一见工作人员就用嘴去啄，用爪子抓，弄得人们根本不敢靠前。实在拿它没有办法，园长只好求助于胡庆凤。胡庆凤慢慢走到大雕面前，没想到眼泪一下子就流了出来。胡庆凤还是像先前一样，对大雕温柔地细语：“大雕啊大雕，你别怪我，我把你送到这里来是为了你好，毕竟养鸭场不是你待的地方。你要好好地活着，我一有空就来看你……”

也许是大雕看到胡庆凤伤心流泪了，于是安静了下来，只用一双精明的眼睛盯着胡庆凤。胡庆凤顺势把它像抱孩子一样抱起来，放进了动物园的笼子里。

4.突起波澜

胡庆凤送走了儿子和座山雕，心里始终空落落的，就像前几年失去了最爱的丈夫一样，牵挂和思念始终在心底压着。但养鸭场的工作太忙了，她还没来得及去城里看看大雕。

养鸭场的生意一天比一天好了起来，甚至有不少外地客商慕名前来提货，伴随着胡庆凤经验的积累和辛勤劳动的付出，胡庆凤的收入渐渐丰厚了起来，行情好的时候，有时一天能净赚一千元。

树大招风。人就怕出名，远近已经有些人开始嫉妒胡庆凤了，还有少数人竟不惜造谣污蔑胡庆凤男女作风有问题。胡庆凤听到了谣言非常伤心，可她明白自己一个弱女子，如果前怕狼后怕虎，是什么事情也干不成的。

于是，她就放任那些长舌头的人说去，嘴巴在长他们脸上，怎么说由他们去吧！

一个伸手不见五指的黑夜，胡庆凤照例忙完家务上床睡觉，不想刚一灭灯，院子里就发出了砰砰的声音！听动静，像是有人翻越了鸭棚，跳进了院子！胡庆凤还没脱衣裳，赶紧提着木棍下床来到门前。

扒着门缝一看，胡庆凤被吓了一大跳！尽管黑夜深沉，但她还是看到了两条人影分别从鸭棚边摸索了过来，看他们一身黑衣打扮、蹑手蹑脚的样子，八成是来偷鸭子的！

胡庆凤的心扑腾扑腾跳个不停。这可怎么是好？对方是两个大男人，如果只是偷几只鸭子，那她也就算忍痛割爱了！可如果是来偷人……她胡庆凤一定要拼死反抗！

胡庆凤开始后悔光忙鸭场，家里电话也没顾上安装，要不这时候打个报警电话就好了。可现在，她该怎么办呢？

眼看着歹人向她逼近，而且两个人头上还蒙着黑布。思索再三，胡庆凤还是打算走出去，直面歹徒！因为院子里开阔，便于逃跑，再说一旦争执起来，她好大声喊，村里邻居听到了一定会赶过来。

说时迟，那时快，胡庆凤一把推开门，提着木棍就走了出来。“你们究竟想干什么？！我已经打电话报警了！”

两个黑衣人大吃一惊！面对胡庆凤正义凛然的模样，竟同时后退了几步。但紧接着，他们又不约而同地靠上来，想把胡庆凤手里的棍子夺过来。

胡庆凤一边舞动着手里的木棍，一边大声喊叫，但无奈两个男人力气奇大，只几下就劈手夺去了木棍，把胡庆凤压在身子底下。

就在胡庆凤拼命挣扎想甩掉男人时，一片瓦砰的一声砸在她头上，顿时，鲜血喷涌出来，模糊了她的脸面。就在胡庆凤行将晕过去时，她隐约看见从鸭棚上方的一根枝杈上滑落了一道弧旋，一个巨大的黑影降落到了地面上！

接下来的事情，胡庆凤就不清楚了。不过，等她醒过来时，出现在她面前的场景令她惊喜得差点再次晕过去！原来，蹲在自己跟前的竟是自己日思夜想的座山雕！胡庆凤摸摸自己的衣裤，还在身上，看看大雕的嘴巴，眼见那上面是血红色的！胡庆凤一下子明白了，原来在千钧一发之际，是大雕及时出现救自己脱离了危险！

究竟是因为它太想念自己？还是出于冥冥中的感知？大雕竟逃出了动物园，重新回到了鸭场！

“我亲爱的座山雕又回来了！”胡庆凤一下子把大雕紧紧拥在了怀里。

5.慧眼识凶

坏人是被大雕赶走了。但是，第二天胡庆凤发现，自己鸭场里的鸭子一下死了一大片，地上很多地方还遗留有黄色的药沫子，很明显，昨晚那两个歹人给自己的鸭场下药了！

胡庆凤心疼得差点晕过去！这可都是她的心头肉啊！她眼睛里愤怒得将要喷出火来！尤其当她看见自己养的家狗大黄也被歹徒毒死在地后，眼泪再次哗哗地流了下来。她难过到了极点。

究竟是什么人干的呢？简直丧尽天良！

胡庆凤想到了去派出所报案，可她转念一想，又犹豫了。如果报案，歹徒会不会报复自己呢？胡庆凤一生从来没遇到过这样的揪心事儿，她也没跟警察打过交道，她自来是个不愿多事的人，但现在她陷入了矛盾中。

胡庆凤正在鸭场愣神，忽然看见工人许建立飞快地跑进了鸭场。许建立一边跑一边抹着头上的汗水，向着胡庆凤大声喊：“庆凤姐，快！出事了！我儿子，就是你外甥被歹徒抓走了，他们打电话说，你不给他们准备好钱，我儿子果果就没命啦！”

胡庆凤一听，脑袋都快气炸了！歹徒不仅祸害鸭场，竟然还打起了她的小工的主意，并且把许建立的儿子抓走了！

真狠啊！胡庆凤在村子里没别的亲戚，这次歹徒抓走了许建立的儿子来威胁自己，可见他们在千方百计地冲着自己来啊！

该怎么办？胡庆凤一时也没了主意。这时候，一直趴在地上的大雕忽然唰的一声站了起来，一边啾啾大声叫着！像是在提醒胡庆凤什么！

看见座山雕不断地扑扇着翅膀，来回踱步子，如此激动，胡庆凤猛然间醒转了过来！报警！一定要报警！出了这么大的事情，只有相信警察才行！绝不能让这帮坏蛋逍遥法外！

胡庆凤赶紧收拾了一下鸭场，锁了门，与许建立一起去了乡派出所。派出所的民警迅速记录了材料，他们还给县城里的刑警队民警打了电话，下午刑警就赶到了汪水桥村。令胡庆凤稍感欣慰的是，民警们还专门成立了专案组对她的案件实施立案侦查。

报了案，胡庆凤在鸭场一天天焦急地等待消息，可她等来的却是许建立垂头丧气的面孔。县公安局刑警大队大队长王民他们跟踪调查了好几天，无奈歹徒实在太狡猾，一直未曾露面，根本没有获取到任何有价值的线索。不过，王民根据案发那天夜里胡庆凤说的情况，和几天以来歹徒沉闷的表现分析，作案人很可能就是村里的熟人！

村里的熟人？胡庆凤听到警察的分析，立即开始在脑子里搜索起来。村里谁跟自己有仇呢？没有！谁跟过去的丈夫有恨呢？也没有！那么，是有人嫉妒自己的鸭场赚钱吗？天啊，鸭场赚的可都是她的辛苦钱啊！

王民等警察又根据歹徒为鸭场下药一个环节分析，歹徒很可能就是眼红胡庆凤的鸭场赚钱才下手的！而且他们根据胡庆凤家墙根前的一摊呕吐物分析，那天夜里，歹徒是喝了酒以后来野蛮实施犯罪的。

线索是有了这么多，可无奈歹徒自从打过那个匿名电话后就彻底消失了，而电话又用县城里的公话打来的，许建立没有录音，也没听出是谁的声音。那可怎么破案呢？孩子已经被劫走七天了，凶多吉少啊！

案子处在僵持中。胡庆凤询问王民队长："你们为什么不在村里搞一次大的调查呢？也许很快就能查出歹徒！"王民回答："挨家挨户查会打草惊蛇，弄不好歹徒会撕票！奇怪，他们怎么还不与你和许家联系呢？"

听到这里，胡庆凤像忽然想起了什么似的，大声说："王队长！我有个办法可以不用挨家挨户搜查，就能找出嫌疑人！"王民问："哦？"

胡庆凤说："我家养了只大雕，那天夜里，歹徒来我家时，曾被大雕抓伤过，我以前也曾被大雕抓伤过，我知道大雕抓的伤短期内是好不了的，总会在身上留下伤痕，而且，大雕的爪子是有倒钩的，抓痕发黑很容易辨认！"

王民听了，久皱的眉头渐渐舒展开了。

果不其然，仅仅三天后，王民和民警着便衣就在村里将一个脸上有抓痕，形迹可疑的男人抓获，秘密押送派出所讯问，结果，案子就出其不意地破了！

原来，这人是许建立的一个远房表哥，先前听许建立谈起过胡庆凤的鸭场赚钱不少，眼红病就犯了。那天和几个外村的狐朋狗友喝醉了酒，嫉妒红眼，就翻进了胡庆凤的鸭场，做下了天理难容的事！

许建立的孩子得救了，幸亏歹徒还念着同村之情，没伤害孩子，只是把他藏到邻村一个废旧地瓜窖子里了。

破了案，胡庆凤的心里畅快了不少。但她最不能忘记的是警察王民跟她讲的一句话："破案多亏了你这只大雕！没有它，还真不好办哩！"王民也许只是开了个玩笑，但对胡庆凤来说，她真的打心眼里爱上了这只救她于危难的座山雕！

6.诱惑当前

从此以后，胡庆凤几乎与大雕形影不离了。她在鸭场忙巡视、忙收蛋、忙拌鸭饲料以及给鸭子诊断疾病，大雕都像忠实的仆人一样寸步不离她的左右，胡庆凤每次看到大雕在自己身前身后乖巧地踱步，禁不住都要幸福地笑出声来。胡庆凤精心为大雕筹备着食物，好让大雕也能过上小康日子！

一个周末，儿子许涛又从省城回来了，这次回来，儿子羞羞答答地向胡庆凤讲述了一个秘密，原来他在大学里交上了女朋友！那个女生是他学校里低一年级的同学，不但人长得美，学习还好，而且还和许涛是同县的老乡，据说家里很有钱！

胡庆凤听了，没多言语，在校大学生谈恋爱早就不是什么新鲜事了，她只是默默地垂泪，她想起了过早死去的丈夫，眼见自己的儿子已经长大了，开始谈对象了，她心里有说不出来的高兴。

许涛留在家里的时间很短，他同样深深地喜欢陪在母亲身边的大雕。大雕早就通了“人气”，对许涛也是客客气气，相敬如宾，有时候甚至还扑扇着翅膀蹦着跳着跟许涛逗着玩，许涛几次高兴地冲着胡庆凤喊：“妈，你看，大雕跟我捉迷藏呢！”家里又恢复了久违的热闹情形，这让胡庆凤又一次泪满前襟。

尽管如此，许涛临回校时，还是严肃地同母亲谈了自己的想法。许涛说：“妈，上次咱把大雕送到动物园去受到了许多人的赞扬，咱们的事迹还上了《生活日报》的头条。报上说，咱们做好事值得全社会尊重，这次大雕虽然是自己飞回来的，可毕竟它已经不属于咱们了，咱们再这么霸占着它，不是出尔反尔吗？”

胡庆凤听了，沉默着没接话。

“儿子知道你舍不得大雕，它是咱们家的救命恩人嘛！可是……”许涛讲到这里，胡庆凤打断了他的话说：“别说了儿子，咱再把它送回动物园去！我想通了，马上就要过冬，咱们家也没地方养它，再说这些日子死鸭已经很少了，得积攒好几天才够大雕吃的，我们把它送回去吧！有动物园养着，有空我们过去看看它就行！”

许涛听了，长舒了一口气，笑了：“妈，我就知道你深明大义！”

许涛再返校时，手中就多了一个笼子。大雕在里面瞪着一双茫然的眸子，胡庆凤则依依不舍地把“他们俩”送出了村外。

话说许涛进了县城，并没有急于买票返校，而是径直去了女友丁琳家住的那个花园小区。

打过电话，丁琳在楼上倏地一冒头，紧接着就一溜小跑下了楼来。

“怎么样？”一见面，许涛就紧张地问丁琳。“糟糕透顶！”丁琳没好气地回答，“我爸坚决反对我们俩的事！我把你照片给他看了，他说光人长得帅没用，得有钱，我爸就是个见钱眼开的主儿！”

许涛听了，眼神立即黯淡下来。整个人像霜打的茄子——蔫了。

“哎！这是什么呀！你想吓死我？”丁琳乍一看见许涛背后的笼子，吓得一跳老高！

“哦，这就是我跟你提过的大雕啊！它可是我们家的宝贝！”丁琳一边咂着嘴啧啧赞叹，一边围绕着笼子仔细看了起来。这时路边有些行人也陆续围拢过来看大雕，一时议论纷纷。

笼子里的大雕见有人靠前，当即凶相毕露，嘴里不断发出啾啾的巨响，一边伸出锋利的爪子将铁笼抓得哗哗啦啦摇晃。

突然，从人群里挤进来一个肥胖的身影，说时迟，那时快，他一把抓起地上的笼子就走！许涛刚要阻止，却听他朝丁琳大声喊着：“丁琳！快跟我回家！”而丁琳则在质问他：“爸，你这是干吗呀？”

许涛愣在原地，听到丁琳的嘱咐：“许涛你就在这儿等我啊，我一会就下来！”

许涛只好无奈地在花园小区里等待着，足足有两个钟头后，丁琳才一副愁容地出现。许涛一见丁琳立即打问：“大雕呢？”

丁琳努着嘴说：“你就知道问大雕，也不关心关心我。”许涛只好说："别闹了丁琳，你知道大雕对我来说有多么重要，快把它还给我，我得把它带回动物园去！"

丁琳却几乎要哭出来了："许涛，你骂我吧！我爸爸把大雕拿走了，他要你把大雕送给他，否则我们就别想好！"

许涛听了也急了，但他问丁琳："你爸的意思是，我要是把大雕给了他，他会同意我们好？"丁琳雨打芭蕉似的点了点头。

看许涛还在揪心地犹豫着，丁琳不禁一下子扑进了许涛怀里哭起来。许涛是最见不得丁琳哭鼻子的，他的心忽然软了，不就是一只大雕吗？把它送给丁琳爸吧，只要能和丁琳好一辈子！

"丁琳，你爸现在主要做什么生意？"丁琳抬起一双湿润的眼睛说："升大酒店！"

7.峰回路转

回到学校，许涛夜里老是失眠。他左思右想还是为自己的所作所为感到羞耻。

大雕是救过自己母亲命的啊，自己为了得到爱情，竟然出卖了大雕，出卖了道义！如果让妈知道了，那该怎么办？

许涛陷入了沉重的矛盾中。

话说胡庆凤虽整日在家忙活鸭场，但她在心里十分思念大雕。平时很少出门的她，近几天竟想收拾东西去省城一趟。一来她要看看儿子，看看儿子所谓的女友；二来，她得看看座山雕了，她想它了，就像想自己的儿子一样。

于是，胡庆凤挑了一个周末，把自己打扮一番，坐上了开往省城的公共汽车。

来到许涛所在的大学，因为以前来过，没怎么费劲就找到了许涛。许涛正好跟丁琳在操场上打网球呢。三个人一见，都很高兴！仿佛有说不完的话。胡庆凤对丁琳非常满意，丁琳呢，一张小嘴甜甜的，把胡庆凤说得心里热乎乎喜滋滋的。

快到午饭的时间了，许涛就想跟丁琳和妈妈出去吃顿好的，正商量着，胡庆凤提出来了："儿子，小琳，咱们哪也别去，就去动物园看看座山雕去！看见它我就高兴了，这些日子可把我想坏了。"

许涛和丁琳听了，当场面色就变了。他们这才想起来，自从丁琳爸拿走大雕后，他们还没问过大雕的下落呢。会不会……早被吃客吃进肚子里了？想到这里，许涛打了个寒战，丁琳的脸通红通红。

"妈，咱们别去了，那么远，人家也不一定开门，我们还是出去吃饭吧！"两个人一个劲儿地劝胡庆凤。可胡庆凤执意要去，她是最了解儿子的人，从儿子脸上她读出了疑惑和意外。胡庆凤提着声问许涛："究竟发生什么事了？大雕它怎么了？难道它死了吗？"

见儿子和丁琳不回答，胡庆凤忽然捂了脸哭出了声："这动物园是咋回事儿啊！我一个农村娘儿们养大雕把它喂得好好的，一个国家的动物园怎么就把它养死了呢？呜呜……"

偌大的操场上，有很多正在锻炼的同学，他们都向这边投来惊讶的目光。许涛和丁琳把母亲搀扶到一片枫树林后，心里痛苦极了。尤其是丁琳，她从许涛嘴里听来了不少关于大雕的神奇故事。可现在，大雕生死不明，这怎么对得起自己未来的婆婆呢？

想到这里，丁琳扑通一声给胡庆凤跪下了！这可把胡庆凤吓了一跳。“闺女，你这是干吗？快起来！”

丁琳不起来，她几乎是跪着说完整件事情的。胡庆凤听了丁琳的讲述，傻了一般，陷入了沉默。一时间，三个人心里都充满了痛苦和自责。

忽然，胡庆凤像想起了什么，急问丁琳：“快！咱们找你爸去！可能他还没杀了大雕呢！谁那么残忍可能去吃大雕的肉呢？”

三个人迅速坐上了回县的最后一班汽车，心里都急得不行。丁琳的眼圈红了又红，因为她清楚，那些人到老爸的店里就是为了吃那些生禽猛兽啊！估计，大雕活着的希望已经十分渺茫……

三个人找到丁琳爸时，已经过了吃中饭的时间了。丁琳爸开的城江海鲜食府人来人往，一片喧哗。酒店的服务小姐穿着整齐的旗袍，走来走去，厨房里的各色佳肴正火爆出锅。而丁琳爸则在一桌有县领导的酒席上陪酒。

丁琳爸对三人的到来表示了极度惊讶。

“呀，她婶儿也来啦？快，屋里坐！”丁琳爸热情地招呼着胡庆凤，对两个孩子却看都没看一眼。

“不必了，丁老板。我们是来向你要大雕的！儿女的感情问题让他们自己去发展，我们最好不要插足过问。至于你拿走的大雕，那是我们家的救命恩人，是我鸭场的保护神，请你快把它还给我们！”

“她婶儿别急嘛，还没吃饭吧？我请你们！来来来，进来吃饭！”丁琳爸招呼胡庆凤进店。

可胡庆凤却无论如何不进，她铁了心要见到自己的座山雕！

“告诉我，大雕还在吗？它还活着吗？”胡庆凤急了。

“这样。”丁琳爸说，“你们先进来，我一会就把大雕还给你们！”

听他这么说，胡庆凤只好进了酒店，在一个包间里落座，不一会儿就见到服务员把满满一桌子好菜端上来了。

胡庆凤正等得不耐烦时，丁琳爸就走进来了。他一进来，一边笑着一边用手指着桌子上的一盘子肉说：“你们看，这菜做得怎么样？大雕的肉可不是一般人能吃得到的哦！”

胡庆凤一听，又看到桌上盘子里的几团熟肉，血直往头上涌，一气之下，呼地站起来眼睛里快要喷出火来，就要发作！这时丁琳爸却不紧不慢地笑着对众人说：“哈哈，开个玩笑，看把你们吓得，她婶儿你脸都白了！难道你们真没吃过大雁肉吗？”

胡庆凤听了，一屁股又坐了下去。这个丁琳爸！居然开这样的玩笑！“大雕呢？我的大雕呢？它究竟在哪儿？你把它放哪儿了？别再卖关子了好吧？”胡庆凤语气虽轻但还是非常急迫。

两个孩子，许涛和丁琳也在一边急得欲掉眼泪，纷纷要求丁琳爸快点说出大雕的下落来。看情形，如果今天丁琳爸不把座山雕交出来，恐怕就有他好受的了！

丁琳爸看看三个人都要跟自己急，个个一副找上门来要账的凶样儿，就不笑了，用手掠了掠他那油光发亮的头发，正儿八经地说：“刚才她婶儿说把你的大雕还给你？我在琢磨那大雕是不是属于你呢？还你呀你的？这大雕是国家二级保护动物，我能放在酒店里吗？那些监管人员恨不得一天来我这里三四趟，我就是千万富翁也经不起罚啊！”

“那你说放哪儿了？大雕它还活着吗？”胡庆凤急切地问。

丁琳爸又笑了，最后顿了顿说：“告诉你们当然可以，但，她婶儿你得答应我一个条件。”

“什么条件？”胡庆凤问，“只要我能做到的我就答应你！”

“告诉你们吧，大雕已经被我送回动物园了！”丁琳爸话一出口，就让所有人吃了一大惊！胡庆凤愤愤地问：“这怎么可能呢？一块肥肉到了狼的嘴边上，还能把它再吐了？骗人的笑话！”

8.特殊婚礼

事实证明，丁琳爸说的话完全都是大实话。丁琳爸果真把大雕送回了动物园，这一点虽然有给丁琳爸开车的司机证实了，但是一家人还是觉得不放心，心急火燎地乘坐丁琳爸的小车赶往动物园，要去亲自探望大雕！

到了动物园，胡庆凤下车就往珍禽区跑。果然，大雕就在一个大大的野生笼子里啄食呢！看样子，要比先前的它更结实更庞大了！胡庆凤激动地呼唤着大雕，大雕见是她来了，竟然扑棱一下振起翅膀飞过来！胡庆凤激动地喊着、问着大雕，而大雕不时啾啾地叫着，那样子就跟一对久未见面的情侣差不多！

动物园里的游人也围上来了。许涛和丁琳也为重新见到大雕喜极而泣。

这是怎么回事呢？丁琳爸的葫芦里到底卖的什么药？

众人正迷惑间，丁琳爸的司机实在看不下去了，就开始陆陆续续地说出了事情的原委。

原来，丁琳爸的酒店一开始以“卤水大鸭”这道菜闻名遐迩，经常有人慕名前来吃这道菜。那时候，丁琳爸亲自抓酒店经营，不但对厨师手艺要求很高，而且连酒店的进货他都一一过问，严格保证食品优质渠道。

大约就是一年前的时候，丁琳爸听厨师们讲从汪水桥村进的鸭子味道特别足，特别醇香。丁琳爸就要求手下长期从那里进货，保证打响自己的招牌菜。由此，丁琳爸也亲自去了汪水桥村，见到了勤劳朴实的胡庆凤。

别看丁琳爸现在有钱了，以前，他也穷过，丁琳妈健在时，他们过的日子并不富裕。丁琳爸多少次在梦里见到妻子，梦想和她一起靠勤劳的双手富起来，过上别人羡慕的日子。可妻子，过早地被车祸夺去了年轻的生命。

最致命的是，胡庆凤的面容非常像丁琳爸眼中的妻子。第一次见到胡庆凤时，丁琳爸几乎不敢相信自己的眼睛，她还以为是妻子转世呢。但他明白这不可能，他与眼前的这位妇女没有任何感情关系。

从此，丁琳爸有意无意地加强了与胡庆凤鸭场的联络，当然，大部分时候他都是让手下员工来村里进货。在他心里，一直都对胡庆凤心怀好感。

那一天，丁琳爸在酒店里读到了关于胡庆凤母子到动物园送大雕的事迹，十分感动，他一直在心里感叹胡庆凤原来和妻子有着同样善良的心！

就在丁琳爸开始谋算着怎样接近胡庆凤的时候，丁琳回家坦白了她跟许涛的关系，说实话，丁琳爸虽然喜欢胡庆凤，那是因为他现在有钱了，可以按照自己的理想去做事了。但他认为丁琳还不成，因为丁琳的社会根基太浅，他打心眼里不想让丁琳找个像许涛一样家境贫寒的男朋友。

于是那天，丁琳爸不但借机拿走了大雕，而且还将丁琳臭骂了一顿。他觉得自己确实有点专制了，但那是为了女儿好。

这一切，丁琳爸只跟自己的贴身司机讲过。只有司机才知道他的心事和矛盾。也只有司机才最了解老板的心。

一路上，众人听得痴迷。一会儿是恍然大悟，一会儿是不可思议，心里总是七上八下地跳着，静不下来。

最后司机师父跟三个人特别嘱咐：谁也不要把这些秘密讲出去，都得装作毫不知情的样子才行，如果万一让丁总知道了，那他的饭碗就泡汤了……

众人半信半疑地答应了。

就在这时，动物园里一位年轻的女饲养员走了过来，见大家都对大雕那么感兴趣，禁不住向大家积极介绍起来。

“大家现在看到的这只鸟呢，叫做秃鹫，属于国家二级保护动物。秃鹫的别名又叫‘座山雕’、‘狗头鹫’，生活于深山裸石上，以鸟兽腐尸为食，别看它样貌凶狠，性情怪异，但它在我们动物园里还是一位大明星呢！它当过鸭场的保镖，还救过人，帮警察破过案，大家有兴趣我不妨跟你们详细讲述一下……现在啊，由于动物园经费紧张，它已经被我们一位叫丁有前的企业家认养了，它现在正在动物园里过着幸福快乐的生活……”

也许是女解说员刚来动物园不久，她并不知道站在笼子最前边的人就是胡庆凤母子。不过，她倒是一下发现了一个躲在人群里的男人。

“大家看！我们的座山雕认养员今天也来了！”大家随她的手指看去，许涛和丁琳直接叫了出来！是丁琳的爸爸！他就是大雕的认养员？

胡庆凤的眼眶，不知不觉且莫名其妙地湿润了。

她忽然想起来，自己还要答应丁有前一件事呢。不知道这位丁老板又会搞出什么新花样？

回县的路上，丁有前向她坦白了。

丁有前对胡庆凤说：“你说过的话还算数吗？答应我一件事。”胡庆凤不好意思地回答：“那要看你说的什么事，坏事我可不干！”

“我怎么会要好人去做坏事呢？哈哈，我就要你陪我好好吃一顿饭。不过，我保证不让你吃大雁肉啦！”胡庆凤听完，噗的一声笑了……

一年以后，许涛和丁琳还没毕业，胡庆凤却和丁有前领了结婚证。一家人其乐融融，幸福得无法用语言来形容。

值得一提的是，所有去过丁有前和胡庆凤家里的人都知道一件新鲜事儿。那就是在他们新家的墙壁上，挂着一幅极其特殊的照片，这张照片是胡庆凤和丁有前穿戴一新和许涛、丁琳的合影。等等，在他们中间，还赫然屹立着一只庞然大物座山雕！

所有见过这张照片的人都说：“瞧这一家五口儿！”

错位

“爸！”他猛地惊叫一声，吓坏了身边的女友。

女友颤颤地疑惑道：“什么，你叫他什么？”

他即刻羞红了脸，像个做错了事的孩子低下了头：“梅子，对不起，我欺骗了你！我爸爸根本不是什么局长……他，就是我爸爸！”

女友慌张地捋起额前被风吹乱的秀发：“他？你不是在开玩笑吧……”

眼前的这个人，衣衫褴褛，蓬头垢面，一双失神的眼睛呆滞地凹陷在枯树皮一样的脸上，皲裂的嘴唇微微地抖着，不时流下肮脏的涎水。这老人显然也是惊呆了，慌忙将手中的麻袋往身后藏去。

女友痴痴地站在原地，不知所措，像是呆了，又像是傻了。

他紧张地晃晃女友，沉重地说：“梅子，你果真那么在乎吗？难道我们的爱情不值得你留恋？我向你坦白了，我们是不是要……要结束了？……”

女友闭口不答，她仿佛在震惊中还没有反应过来。

突然，他诡秘一笑：“呵呵，梅子，好梅子，我只不过是逗你玩呢！谁又能真的不在乎！”

他搂起女友纤瘦的肩：“开开玩笑，一个游戏，好了好了，别再想了！”

这时，老人已经背负着麻袋默默地走远了。

女友眸子里肆意地流出泪水：“那是我爸爸……”

跨越时空的爱恋

吴芬突然收到一封信。

打开一看，惊住了。竟是封地道的情书！

“那日街头，最是难忘。天气太凉，与你见面，却如穿了皮袄。世间怎会有那样一个你呢？”

这封信，既简约，又浪漫，而且纸张竟还带了香味。会是谁呢？谁这么多情？谁又这么无聊？吴芬笑笑，将信弃之一边。她实在太忙了。工作让她焦头烂额，无暇他顾，别说是一张莫名其妙的短笺，就是火辣辣的鲜花攻势她也未必会心动。

可是，信笺还是一封接一封地来了。

“叶落知秋，你是否见到那片凋零的落叶？我在窗子里凝望，回忆你美丽的容颜和那个逝去的秋天。”

“杨花落尽子规啼，闻道龙标过五溪。我寄愁心与明月，随君直到夜郎西。你果真要走吗？我思念着你。”

文字，一如先前的凝练与婉约。如溪水里洗过，月光里浸过，微风中拂过，竟让吴芬的心头当真漾起一阵涟漪。

看来，此人绝不简单。文字里有意境，心里面有深情。该是个极富涵养、气度不凡的男子。是谁？吴芬陷入沉思。圈里圈外，并没有这样的男人呀。

这些信来址不详，没有邮戳，字是打印的，径直寄到筒子楼206来。这里楼虽破，但门号清晰。不会错投。

吴芬感觉不可思议，立即留心所有的熟人，没发现任何目标。

吴芬是去年冬天搬过来的。此前的房主是位小伙子，跳槽走了。吴芬一直是一个人在寂寞而忙碌地生活着。

于是吴芬叮嘱门卫老赵，要他下次一定稳住送信人，她有急事找他面谈。

可下一次，老赵没能留住来人。老赵说："没办法，这次是个孩子，把信丢下就跑。我怎么喊他都不听。"

吴芬苦笑着摇头，打开信笺："月台并不拥挤，可我滑了一脚，摔了。这次回来，独独没有你。我躺在床上，思念像默哀的海。"

吴芬揣起信，默默走回屋子，无心做饭，却枕着冷月睡了。

终于有一天，老赵的蹲守有了收获。他把一个三十几岁的秃顶男人殷勤地领到吴芬面前。吴芬问："是你寄来的信？"男人两手一摊说："不管我的事，是梅梅让捎过来的。"

"梅梅？"

"是我们家隔壁一个腿有残疾的女孩儿，她知道我岳父住在附近，托我把信送来。"

男人一副无辜的样子走了。老赵也在吴芬的感谢声里乐滋滋地回了屋。吴芬一个人骑车，辗转找到了城南街的梅梅。这女孩儿要远比她想象中的大。

“我该叫你姐姐吧？”吴芬开门见山，“听说你一直在给我寄信？”

“不是。”梅梅坐在轮椅上仰头回答，“是我哥让我打印好，再托人捎给你的。我相信他不会伤害任何人，他是个好人。”

吴芬说：“姐姐你别误会，我想见见你哥。”

梅梅笑笑说你真漂亮，就打起了电话。很快，一辆轿车鸟一样的飞落门前，一个穿笔挺西装和羊毛衫的高大男人快步走了进来。

“你好，我叫梅冬！”男人向吴芬自我介绍说。

吴芬问：“是你在给我寄信？”梅冬说：“是。”

“可我们并不认识。”

“我不认识的人就更多了。”梅冬说，“但我要坚持把信寄完。”“你究竟什么意思？”吴芬再问。

“你听我解释好吗？信的确是我让梅梅寄的，但信里内容却并非出自我手。

“我一直和妹妹相依为命。十年前，梅梅因为一段感情离家出走，我发疯地找她。最后发现她趴在野外的一棵大树下睡着了。而在树下，她竟给自己挖了一个深坑……

“我把她背回家，说服她不要再沉溺过去，与我共同创业。那次找她，我还从树下带回了一个她挖出的旧陶罐，小心揭开蜡封，结果发现，里面有厚厚一摞信笺，而且竟然写于四十多年以前！在陶罐里，还有两块金条。我就是靠着它们起步才拥有了今天！”

“可这跟我有什么关系呢？”吴芬疑惑地问。

“有啊。”梅冬接着说，“陶罐的主人每时每刻都想把信笺邮寄到筒子楼的206号。在他的信里，你住的地方原来该是所大学的校舍吧？”

吴芬恍然大悟，但又有些嘴硬。“沧海桑田，人事变迁，事情过去了那么久，你为什么还要把信寄给我呢？”

梅冬说：“对不起，也许是我打扰了你的生活。但我和妹妹毕竟是靠先人的资助才有了今天。我想帮他完成那个未完的梦想！”

听到这里，吴芬有些释然了。她也在想，那个人，真的是位才情横溢、多愁善感的傻瓜啊，他一直暗恋着她，为何不勇敢地说出来？

梅冬告诉她：“是时代最终导致了他们的错别。那就是半个世纪以前最典型的暗恋结局。”

梅冬还告诉她，信笺按季节，只在每个秋天寄出，而她是多年来那么多人中唯一来寻找答案的人。

“也许你是唯一一个被信笺打动的人。”

吴芬听了，直想摇头否定。可她一抬头，与梅冬坚毅的目光相对视，又忽地笑了。她看见秋日的阳光哗哗地在男人脸上流淌，让他看起来既沧桑又俊朗。

拔　刀

一进师门，他便成为师父的最爱。

师父练的是刀。年迈的师父行走江湖数十载，惩恶扬善，除奸伏魔，一手名冠天下的绝技“天罡霹雳”，还从未遇见过真正的敌手。

唯独十八年前，红叶山庄，与沙通天比武那次，师父拔刀的手居然慢了半拍。仅仅是这半拍，师父就付出了惨痛的代价，成为了今天的“独臂霹雳”。师父清楚地记得那是一个风雨肆虐的深夜，身高七尺的沙通天宛似一块坚实的赤铜高高耸立在红叶山庄的浮桥上，狰狞的霹雳在其头上轰然崩绽，密集的雨滴却没有打湿其半点衣衫！就在师父提气纵身拔刀相迎的一瞬，沙通天五岁的女儿月岚忽然从瓢泼似的雨雾里哭喊着奔扑出来。

师父拔刀的右手就在电石火光的一瞬，像段枯败的树枝永久地滞留在了红叶山庄落满涟漪的荷塘里。

即便如此，沙通天还是没能躲过师父左手的致命一击。那一刀的速度与劲道，恰若霹雳，似闪电，如激荡八百里山川的飙风铺天盖地摧枯拉朽……

十八年过去了，那一幕惊世恶战，仍叫师父记忆犹新。

师父跟他讲：“所谓剑是仁气，枪是秀气，棍是蛮气，斧是凶气，而刀则是勇气。狭路相逢勇者胜，无惧无悔！”

又道：“最好的刀便是最硬的刀，最硬的刀就像脊梁，宁折不弯！”

还道：“所谓‘天罡霹雳’，讲究的就是一个‘快’字，再硬气的刀，慢一瞬就是死路一条！而要练成天下最快的刀，首先就是练拔刀！”

他恰恰就是弟子中拔刀最快的一个。有人悄声问他：“这么快的刀，以前是从哪里学来的？竟超越了师父所有的弟子？”他低头不语，问的人多了，他才从牙缝里咬出几个字来：“我要练天下最快的刀！”

自此他开始了漫长而艰苦的拔刀。一千次，一万次，十万次。在夏天酷热的荒漠里，在冬季肃杀的枫林中，在春寒料峭的百花枝头，在金风吹皱的绿水江畔……

拔刀！拔刀！拔刀！汗水像蛇一般蜿蜒滚落，臂膀练就得似铜棍一般坚硬厚实，同门师兄弟的刀法与他相较，已远远不可同日而语。师父看他练刀，赞赏的眼神里渐渐就多出一份悲凉。

五年之后，唯他凭借绝佳的资质学成了盖世绝技“天罡霹雳”。一手钢刀舞得密不透风，水泼不进。他给师父跪下，就要辞别下山。

师父道："休要急着辞别，为我下山做件事如何？"

他问："何事？"

师父道："为我拾回当年遗失的手臂。"

他大惊："十八年了，如何能拾得回？"师父笑笑："十八年前，我曾暗中潜回过红叶山庄，那根手臂已经不在荷塘！为师只渴望死时，能得个全尸而去……"

他应诺下山。

时值初秋，万物肃杀。他于丘陵荒垣中，于清风明月漫天星光下，提刀而行，忽然就仰天一声长唳，刀身发出尖啸，他横空一跃，朝无尽的虚空劈去，空气开始炽热地燃烧，河川亦为之地动山摇！

八月十五中秋，众人见他提一干枯断臂和色而归，欢声雷动。师父激动得蹒跚向前，仔细抚摩验看，干瘪的眼眶里老泪纵横："是我那只臂，是我那只臂啊！十八年了！"

仿佛就是在这喧闹的一瞬间里，众人耳边悚然划过山崩海啸的巨响，眼前一花，凛然凉气冲面而起，但也就是在一瞬间里，一切业已结束。

他的胸前赫然多了一柄斜插的钢刀！见者任谁都知道，这致命的一招正是师父的"天罡霹雳"。众人惊呼地望向师父，师父已于长风中孑身伫立，仿若铜像一般，眼泪泫然扑地。

他大张着嘴，瞠着白眼，几乎不相信这是事实，不相信自己苦练五年的刀技竟被师父一招致命。

众人惊呆，却听师父道："将其女礼厚葬！"徒弟们闻之色变，再抬头看他，只见他已恢复花容月貌般的妩媚，长发随山风摇曳飘展。

“这是沙家的独门绝学‘伪阳功’，她果真便是月岚！五年……她竟伪装了五年！五年间她已拔刀一百八十万次。”师父怆然涕泣，“殊不知，世间最好的刀法其实并不是‘天罡霹雳’，而是‘无心刀法’，只要有心，有爱、恨、情、仇，拔刀就永远不是最快！”

“世间绝不能再有人练成此刀法！”

众徒弟正听得痴迷，但闻一声长啸，师父已纵身向万丈深渊跃下……

山匪吴起

那年月的事，是真是假，谁也难说清。

开始是遇到荒年，方圆几百里的人饿死了有五六成；接着是遭了战乱，家家壮丁都被拉去打仗，死了连抔掩身的黄土都没有，白花花的尸身丢了满山满谷；再后来就起了土匪，也叫山匪。因为这地方别的没有，就是不缺山。山是大山，高山，一连一大片，一望望不到边。这里的山匪就特别凶悍，杀人放火，打家劫舍，无所不干。

但山匪也是人，而且多是些走投无路的穷人。是人就有爹娘，所以多少还剩些良心。这地方的山匪不抢穷人，穷人也没啥值钱的玩意儿好抢。他们抢大户人家、抢过路客商，偶尔还跟小股正规部队干一家伙。主要是弄点弹药，武装一下队伍，干过就干，干不过就溜。渐渐地，竟有了些名头。于是带头的山匪老大吴起，名字竟出现在四百里外一名国民党团长的小本本儿里。

这名团长心胸高傲，治军严格，自恃打仗很有一套。但其实这时候正被共产党的一支游击队打得晕头转向。

团长眉头紧蹙，慢慢地合上小本儿，命令副官想尽一切办法去招降这帮山匪，以借这股势力对付神出鬼没的游击队。

副官受命带了重金前往。不料只隔一天，竟少了一只耳朵回来。副官哭丧着脸报告："这股山匪简直不是人！不但不降，而且气焰极其嚣张，根本就不把国军放在眼里！"

团长暴怒，正吃着的茶，径直喷了副官满脸。手中杯子也吧唧一声摔碎，命令部队立即集合剿匪！

一支装备精良的正规军，又足有一个团的兵力，去打一群散兵游勇、乌合之众，那还不是小菜一碟？果然很快，团长就带兵打到了匪帮老巢。

山匪们本就势单力薄，仗一开打早已跑光了一半，加上中间死的死，伤的伤，只剩下吴起带几个亲信躲进山洞里负隅顽抗。团长命人连续投进一串手榴弹，洞里的枪声就哑了。

大队士兵猛冲进去，将受伤的吴起和几个山匪押下山来。

一到山下密林处，团长跨上高头大马，忽然一声断喝："把匪首的头给我砍下来！"

士兵们闻令手起刀落，咔嚓一声，就把吴起的头给砍了下来。奇怪的是，吴起人头虽落，却没有流出一滴血来！

众人都在惊诧，却猛觉眼前人影一晃，有人已跳上马去用把匣子枪指住了团长脑壳！

众人大惊。抬头一看，勒住团长的居然是吴起掉了脑壳的半截身子！与此同时，吴起身上缺了脑袋的地方竟又缓缓长出了一颗乌黑尖瘦的人头！

原来这吴起竟是个身形极小的驼子，方才砍掉的只不过是假头。吴起倒骑马头厉声高喝："孙子们看好了，都撂下枪！"团长满面羞红吼道："朝我这打！"士兵们一时没了主意，谁敢轻举妄动？

吴起见团长也是条硬汉，当即冷笑道："那好，今天我命不该绝，放爷爷回去跟你再战！"团长岂能输给一个驼子？当即命令部下弃了枪，放吴起等回山。

见吴起走远，团长正要转马回府，却猛听啪的一声枪响，帽子已被打落在地！团长惊悚魂定，远处密林里却传来地动山摇的大笑。

经历了此番羞辱，团长咬牙切齿誓要活捉吴起，亲手砍掉其脑袋以解心头之恨！

再次攻山，一番狂轰乱炸，团长领兵径直攻进了山洞老巢，却意外发现吴起早已被乱枪打成了蜂窝，死状奇惨。而就在吴起的尸体旁边，却坐着一个年轻女子。

女子身材窈窕，貌美如花，妩媚而妖艳，看得兵将们直咽唾沫。

团长用手枪抵起女子的下巴，询问身份。女子却嫣然一笑，用一只纤纤玉手缓缓推开枪口，另一只手陡然亮出匕首逼住团长！众人愣住，却听女子一声娇笑："亏你们是正规军，竟不知道吴起是女人！"

团长欲哭无泪，只得再次放吴起走。待其一走，又暗生悔意，急忙带人去追。直追到一处断崖处，吴起纵身一跳，瞬间回手甩出一把匕首，正中团长大腿！只听啊的一声惨叫，团长跌落下马。

吴起终被摔成了一摊烂泥。团长一瘸一拐回去，恼羞成怒，命令副官速速递上佩刀，他要亲手剁掉那个侏儒和女匪的人头！

副官听令迅速抽出墙上的佩刀，寒锋一闪就捅进了团长的肚皮！团长双目瞠裂，两手前伸，似乎要掐住副官的脖子质问。却听副官冷笑道："二当家的、三当家的死了，我吴起的命还长着……"

翌日清晨，团部里就像炸了营。所有人都看到团长的人头正挂在高高的旗杆顶上瞪着惊恐的双眼。而也就在三个月后，山匪吴起的队伍又在山里拉了起来。

能人郑梓

战乱年代，一个人有一身好武艺那是很吃得开的。一来能防身，不受欺负；二来可替人看家护院，混顿饱饭；还有自己拉一支队伍，占山为王、落草为寇的，从此不再受人作践，反倒逍遥自在，威风八面。

郑梓便是一个能人。他早年先在一个胡姓财主家看场子，声名很响，远近盗贼打这地方经过都得绕道儿走。有一回，一伙儿过路土匪饿急了眼，夜里翻墙入院打劫钱物，不料刚爬上胡家墙头，立即就有千百发石子夹风带响疾如落雨，众匪徒还没明白是怎么回事，已经葬送了小命儿。

清晨起来，有人亲眼见到胡家收拾残尸就如同打扫院子里的落叶一样堆了满满一车运走。稍后胡家人便放出话来：胡家有郑爷在，谁个儿活腻了想死，咱们好心送他一程！

自此，郑梓的功夫更是声名远播。传说他的“千手飞石”绝活儿，能在瞬间击发数十枚石子，准头精确，力道沉狠，疾如流星，弹无虚发，杀伤力极强，纵有百十号人同时来犯，也只消半袋烟功夫便可置敌于死地。

郑梓在胡家就颇有地位。人人待他不薄，敬他三分，不叫他的大号，直喊他郑爷。试想一个出身低贱的穷人能在大户人家混到这境界，还不全是靠了身上的能耐？

然而时间一长，郑梓竟萌生了去意。

因为一个女人——有着一双巧手的胡家四太太。

那天深夜，郑梓收拾行李就要悄然离去。未出大门，忽然被一个女人拦腰抱住。郑梓心一下就软了，有那么一瞬，他就任女人抱着，眼中热泪横流。

“你真要走？”女人问他。他点头。

“你舍得抛下我？”女人啜泣。郑梓回过头来，用力夯住女人肩膀：“正是因为你，我才得走！快放手！”

女人眼里霎时泪花泉涌。“要走就带我一起走！死也死在一起！”

郑梓听后，再忍不住，一把将女人揽进怀里！

两人借了夜色一口气奔到渡口。过了河，那边就是另一个世界。

可就在他们上船那刻，岸边忽然灯火大亮，几十条人影手持火把拦住去路。人群中间簇拥着的正是胡家老爷。

胡老爷面带着微笑：“郑爷，你让我很失望，不吭一声就走也罢，还把我的四太太拐跑，你说你是不是不忠、不孝？”

郑梓低声道：“对不起，老爷。”

老爷哈哈大笑："那就留下吧，或者是她，或者是你。留一个就行。"

女人抬头望着郑梓，却听他道："对不起老爷，我们一起出来的，一起走。"

老爷的脸突然就变得狰狞。"忘恩负义的小人！离这么近，你的石头留着沉尸吧！"说完大手一挥，手下已利器在握迅速围拢。

郑梓手起石飞，先已将为首的几人放倒，待众人一愣，却惨然一笑，抽出腰中佩刀，唰的一声将自己右臂齐齐砍了下来！

众人大惊失色，猛听郑梓喝道："老爷的恩情，我永世难忘，这条膀子是我赔给老爷的！"

老爷连声冷笑："谁不知道你是'千手飞石'，说不准哪天就会回来报仇。要走也行，另一只膀子也留下！"

说时迟，那时快，老爷话音未落，早有人举刀就劈。女人尖声惊叫，却也无济于事，郑梓毫不躲避，一条左臂竟也被生生砍断！

郑梓清醒时，发现自己正躺在船上，女人的眼睛早已哭成了桃子。郑梓想抬手抚摩一下女人娇嫩的粉脸，却猛念双臂失了，竟不禁笑出声来……

为避战乱，两人专走山路。忽一日，被一群土匪捆上山去。也巧，匪首吴起也是能人，酒量大、会耍枪、喜欢女人，落草前与郑梓认得。此时见郑梓落难，又见其身边女人姿色娇美，早就动了恻隐之心，忙叫人好生招待。

郑梓推辞不过，却见吴起眉宇紧蹙，忙问所为何事？吴起一声长叹："兄弟过去也算能人。实不相瞒，附近一个山头的匪帮整天跟我抢地盘儿，不按规矩走路，最近与我结下梁子，约在这月十五盼月溪决一死战！死我倒不怕，只是担心弟兄们兵器不利白白送死……"

郑梓却道："阎王叫你三更死，谁能活上五更天？去尽管去，是输是赢，早已注定，不如喝酒！"吴起听了，一拍大腿，终于下了决心！

这月十五，吴起带人倾巢出动，直奔盼月溪去。然而出乎意料，竟不见对方半条人影。等忽然醒转，才发现为时已晚，对方调虎离山，正是为了直捣老巢！

吴起急忙带人回奔，纳闷的是一路并未听见一声枪响。待众人冲上山来，只见对手早已东倒西陈，尸残体损，血流如河！

郑梓和女人倒装束一新，远远坐在洞外血红的夕阳之下。

吴起心跳如擂，心中一凛！原来郑梓压根没废，传说中的"千手飞石"绝活儿，并不只靠膀子，那是全身的功夫！

吴起就眯了双眼笑着，缓缓靠上前来，手中的匣子枪突然啪地一响，子弹在郑梓的头上炸开了花。

吴起吹着冒烟的枪管，淫笑着对女人说："功夫再好也比不得枪快，今后你就是我的七姨太了！"

话音未落，吴起却发现：身边坐着的，竟是一对纸扎的假人！

迪马多山的秘密

最后一个去迪马多山的人回来了。

和其他人一样，身壮如牛的乌吉力老汉，从此一病不起。人们从他眼睛里看到的，只有绝望。

“鬼……”乌吉力老汉瑟缩着说。

族人惊恐地对望，一股凄冷自心底升腾而起。

“看来迪马多山上的确有鬼，应该下令封山！”

“不！那羊群怎么办？附近只有迪马多山有丰美的草源！”

不同意见，瞬时交锋。最后，人们只得将目光匕首般投向沉默中的酋长瓦尔西姆。

瓦尔西姆混浊的双眼似乎正翻腾着多可里江的巨浪，青筋暴涨的双手战栗着，咔嚓一声，已将一根乌铁拐杖从中折断！

“封山！”瓦尔西姆命令一下，再次引发骚动。接着，人们就听到了乌吉力老汉剧烈的咳嗽戛然而止，远处忽然传来一阵阵的悲凉哀乐。

是克塔依、贝木、阿森吉……他们回来时都曾衣衫褴褛，奄奄一息。而此刻，都已撒手而去。

村里陷入了彻底的黑暗。悲愤中，瓦尔西姆毅然决定独自上山，亲自去揭开迪马多山的秘密！

当他费尽力气攀登到半山腰时，竟发现了来自村里的另外五条硬汉。他们无一不是草原上最强壮的牧人。瓦尔西姆只得用目光命令他们跟上，一起结伴向峰顶登去。

据去过的人说，出事地点就在峰顶附近。那里氧气稀薄，温度极低，地势险峻。先前只是丢失牛羊，后来竟连夺人命！

瓦尔西姆他们登顶时，天已大亮。但当所有人面对眼前那个神秘莫测的黑洞时，心里都异常紧张。就是它，连连吞噬牲畜和人命。难道里面果真有恶鬼藏匿？

瓦尔西姆掏出绳索、干粮、水壶、氧气灯和拐杖，第一个下洞去。他命令其他人没有他的暗号，绝不能轻举妄动。

山洞既深又冷。瓦尔西姆双脚落地，一边向外发暗号，一边惊讶地发现，洞内地上满是成堆的牛羊尸骨，四壁都是千姿百态的钟乳石。

借助氧气灯，瓦尔西姆径自走向山洞深处。

空气越来越湿冷，积水越来越深，瓦尔西姆不时见到一些被焚烧过的牲畜尸骨。除了人，谁还能用火烧食物呢？瓦尔西姆迷惑了。随着洞内石头越来越美轮美奂，瓦尔西姆越发显得小心翼翼。因为他听说过，传说中最可怕的魔鬼往往就住在这种变化莫测的地方。

瓦尔西姆手里攥紧了猎枪和拐杖。随着前方水路突然一转，一股凛冽的阴风迎面冲来！扑的一声，氧气灯熄灭了！瓦尔西姆暗叫不好，伸手去摸火石，火石却不知何时已丢失！

瓦尔西姆冷汗涔涔，却依然摸索着继续前进。他发誓即使是死，也一定要揭开洞中的秘密！

当他到达一段极窄处，以为再没有前路时，却忽然发现湿滑的岩壁间仅有一条窄缝，能容一个人进入。瓦尔西姆踌躇不决，进还是不进？风声愈厉，他猛地端起猎枪，朝岩缝里剧烈开火，借助火光，瓦尔西姆看到岩缝里夹有几具骷髅！

一定曾有人穿越过此地，只不过发生了意外！

瓦尔西姆扔掉了除猎枪外的所有装备，侧身艰难挤入。原来，洞内至此处峰回路转，倏然开阔！瓦尔西姆却感到体力严重透支，他开始向前猛跑，希望还能活着见到最后的秘密。

瓦尔西姆被狠狠绊倒在地，猎枪走火，霰弹夹裹着火苗喷射而出。借助亮光他惊奇地发现，前边不远的地上竟是个深不可测的大坑！

瓦尔西姆虽暂时捡了条性命，但他摔得很重，一时爬不起来。恰在此时，身后传来沉重的脚步声！他绝望地闭上了眼睛。

等待他的，却是几只强有力的臂膀将他拉起。

原来，另外五个猎人赶到了。

火把顿时将山洞照耀得灯火通明。而令众人惊讶无比的是，火光好像经过折射，使洞内变得流光溢彩，灿烂辉煌！六个人急忙靠上前去，发现前方大坑里被水浸泡着的，是满当当的黄金！

瓦尔西姆和猎人们愣了。他们想起了传说中的故事。有个叫多足族的部落，人人生有三只脚，他们积蓄了无数财富，却远离喧哗，神秘游离于高原雪山深处……难道这就是传说中多足人的财富？五个猎人狂呼着解开绳索，下去打捞金条。瓦尔西姆却警觉地隐隐听到在某个遥远的地方，正有无数牲畜向洞内集结，足足有几万只，几十万只，来势汹汹，山呼海啸……

瓦尔西姆突然大吼一声："快逃！"转身向着来路撒腿狂奔。紧接着，他听到了身后猎人们被什么撕咬得稀烂的声音！

瓦尔西姆刚刚拼命挤过那条狭窄的岩缝，一股巨大的力量便将他冲天抛起！瓦尔西姆撞上钟乳石壁，险些当即粉身碎骨。直到这时他才终于看清了，身后的巨兽竟是滔天的洪水！

接着，洪流巨浪再次将他卷进水底……

瓦尔西姆醒来时，感觉浑身的骨头都碎了。他被挂在洞口一块高耸的钟乳石上，石尖穿透了大腿。瓦尔西姆痛苦地彻悟到：迪马多山山顶常年被积雪覆盖，冰雪在春夏之交消融成河，而山洞因为位置特殊，每隔一定时间，上游积蓄的雪水就会瞬时泛滥，而贪财的族人正是久久留恋于多足人的财富，从而丢掉了性命……

瓦尔西姆昏昏沉沉。不知过了多久，剧烈的尖唳和咆哮声再次隐隐响起。瓦尔西姆静听，它们就如万马齐嘶，厉鬼狰狞……

最后的遗产

病情刚开始好转，那边竟来了消息。

她费力地睁开双眼，看到的不再是浑噩的幻影，而是居委会主任和派出所的民警。

“老寿星！您还认得我吧？”居委会主任也是个奶奶辈儿的人了，可比起她来，仍显年轻。

“认得，小李……”回声极弱，但神志还算清晰。

民警也笑着说：“老奶奶，我们来看看您，祝您早日康复！”

她听了面色沉重，沉默不语。民警环视一周，这才发现，今日在她身边竟无一个亲人看护！

居委会主任和民警迅速用目光做着交流，最后还是前者率先开口说：“老寿星，今天来看您还有一件小事情，和您通个气儿！”

“您就当成个故事听着解解闷儿。”民警也附和说，“但您老可千万别激动！”

她抿抿满是皱褶的嘴，一脸疑惑。

居委会主任语调更加柔和："多少年来，您老一手拉扯那么大个家庭，不容易啊奶奶！最近我们听说，那边有消息过来，好像有人要回来探亲。"

民警补充说："县里对台办也来了电话，我们特地找老户籍查对了，您家里另外一位老寿星仍健在！听说最近就要回来。"

她面无表情地盯着天花板。缓缓张开的嘴巴，像个阴森森的洞。

一周后，她执意出院。回到家，依旧如往常一样，久久坐在老屋天井里发着愣，从清晨直到黄昏。

多年以来，岁月如一泓深潭，掩埋了青春；老屋像一口深井，吞吐着回忆……

相比她的寂静，家里面异常热闹。从年近花甲的儿子，到刚刚懂事的重重孙子，谈的议的，都是那边要来的那个人！

那个人，自七十年前离开，就再也没有回来过。中间隐约有过零星消息，也很快如过眼烟云消失散尽。算来，他如果活着，已经九十有六！这样的岁数，竟然能活着回来？

果真就回来了！由一大群人陪着，老态龙钟，步履维艰，像一只倒虾。臂膀下还少了一只左手。

他和她的世纪重逢，在一瞬间里被定格成为无数媒体报刊的头条。可他们面对彼此的表现却迥然而异，她对记者喃喃道："他还是那副老样子，即使老成了木头、石头，也能一眼就认出来！"而他却老泪嗫嚅："再也认不出她来了，当年走时，她身怀六甲，才十六岁……”

家人对他的兴趣，明显更多在他谜一样的身世和家资上。对此，猜测五花八门。可惜，他迟迟未能显露出任何一丝痕迹。

送他回来的人当天原路返回，他固执地谢绝了此后一切来访，在老屋里安住下来。于是她和他，悄无声息地坐在老天井里晒太阳，成为家中一景。

北方初秋的太阳，比起南方，更温和、厚实，照在身上像盖了一层蓬松酥软的棉被，很容易使人在里面安逸地浅睡。

一个月后，他就是沐浴着这种家乡特有的阳光永远合上了双眼。她所有亲属都赶来热心操办后事。然后，他们纷纷带了质询的口气问她，他究竟从那边给她和这个家带来了什么？

她一次次惶恐地摇头。生怕他们不信，最后只得去衣柜里颤巍巍地取出一只长方形的大玻璃瓶来。人们好奇地簇拥上前，却被吓得失声尖叫！原来瓶子里装的，是一只用福尔马林药液浸泡的手！是他那只不知何时断掉的左手。

众人轰一声散去。临走有人为她鸣不平，骂老头是个变态狂、铁公鸡！她不见得听清了，却将瓶子紧紧捂在怀里，生怕有人夺走似的。最后，用红绸布里外包裹了，又放回到衣柜里。

从此，众人就时常见她怀抱那个瓶子，坐在温煦的秋阳里打发时光。令人不可思议的是，原本憔悴如枯叶的她，精神却眼见好转。

那天，突然有人手摇报纸激动地跑进老屋，扬言有重大发现！原来，按照那边规矩，老头每月都有一笔可观的退休金，但要每季度将本人的手纹邮寄当局，以证明人仍健在。报纸上的案例就是有人为掩耳目，将死者手臂截下来用福尔马林药液保存，以期长年领取退休金！

原来，他真的什么都没有。那瓶子里装着的断手，竟是他处心积虑留给她的最后的遗产。

她不识字，耳朵也很背。但出乎所有人意料，当他们把报纸折叠起来，大声讨论领取退休金时，她忽然抱起手中的瓶子，狠狠向自己头顶砸去！

赌 石

寒风呼啸，雪霰纷扬。

一个人影橐橐地奔进陈凶教授家中，举起一杯热茶咕咚咕咚喝得正急，突然仰天直喷出去，喉咙里连声咳嗽不停。

手攥菜刀、身系围裙的陈凶，低头从镜片上眺视来人，却听那人急道："陈教授，我是冯致啊！"

"你是疯子！"陈凶冷冷一声呵斥。突然，扑哧一声，又乐了。"老冯啊，有半年不来了吧？先坐，我正包饺子，韭菜海米馅儿的！"

冯致大声喘着粗气，噗噗吹掉肩头白花花的落雪，上去一把就扯下了陈凶的围裙："老陈，快救救孩子！"

"女儿？她怎么了？"陈凶两道内粗外疏的眉毛，顿时蹙成一团，"难道你这次来……是为了鉴石？"

冯致低下头去。

三年前，陌生人冯致揣着一块四斤重的石头敲开陈凶的家门，忽然就跪地不起放声号哭。原来老冯女儿患上了骨癌，实在没办法，他竟参与了“赌石”！

所谓“赌石”，就是花巨资购买昂贵的玉石籽料，看其外表被包裹的风化层，赌其内质的优劣。一块玉石籽料在切石刀下，有可能出现的是富可敌国的财富，也可能只是一文不值的垃圾！所以又有人将“赌石”称为“地狱与天堂的游戏”，要想赌准，简直难上加难！

然而幸亏有了三年前的那次鉴石，冯致只花三万元买来的石料，一转手获利竟有八十万！终于凑齐了女儿的手术费用。冯致那次临走，陈卤曾再三告诫他说：“十赌九输，赌石无异于赌死！医好女儿，就此收手吧！”

年近花甲的陈卤，在退休前曾是某大学地质系教授，早年清华大学毕业，留学德国五年，对岩石的研究可谓登峰造极，多年前他曾创下的鉴石纪录至今还令人瞠目结舌：连看六十块籽料，只走眼过两次！

如此的眼光，若肯赌石，要得亿万家产简直如探囊取物。只可惜，陈卤眼力奇，性格更为迥异，名声正盛时却忽然宣布退隐。三年前的那次，若不是老冯声声血泪，他哪里肯轻易出山？

经过了那次特殊意义的鉴石，老冯却与陈卤成了朋友，简直就是生死之交。老冯先前做过生意，妻子出车祸后，一直与女儿相依为命。陈卤也结过婚，但那是三十年前的事了，妻子没有为他留下子嗣便得了肺癌病逝，从此陈卤一直独自生活。

相似的人生坎坷使陈卤非常珍视与冯致的交情，更是视其女儿如同已出。

这一次，冯致又来求陈卤鉴石。“女儿近期又查出了白血病，要想活命，必须骨髓移植，这一切至少需要一百万！”

陈卤内心悚然。面对冯致拖出的那块巨型石料，心情沉重无比。

“老陈，求求你，最后一次！救人救到底吧……”

陈卤皱着眉问：“这块料，多少钱？”冯致垂头回答：“要价七十八万。”“你哪来的那么多钱？”“借的！求求你啦老陈……”

陈卤用力闭上双眼，那个柔弱乖巧的女孩一下子又跳了出来。

陈卤步履沉重地走进卧室，再出来时，手里端起了放大镜。

不过陈卤再一次告诫冯致说：“你要想清楚，肉眼的鉴赏，绝非最终的结论！我只是鉴石，是鉴赏，谁也没有十成的把握……”老冯频频点着头说：“如果连你也看不准，那就是老天绝人之路了！我相信你，不会看错的！”说话间，冯致浑身竟已汗湿。

半个多时辰过后，老冯终于看到了陈卤疲惫却自信的目光。于是，抱起籽料惊喜而去。

三天后，陈卤正在房间里打太极拳，忽然接到了冯致的电话。电话里的老冯就像个爆竹，在那头轰然爆炸了。陈卤听了沉重地只说了一句话：“老冯，你过来吧。”

很快，冯致就怒气冲冲地席卷而至，并将那块纵向切割了的石料重重扔在地上。

陈凼盯望老冯片刻，一语未发，最后缓缓走进里屋，双手捧出一块通体泛白、暖壶大小的石头来。

老冯整个人立即惊呆了，他目光所及处是一块上好的羊脂玉籽料！如果这是陈凼的珍藏，想必价值无法估量！

“知道我为什么那么痴迷于鉴石，却自立规矩退出这个行当？”老冯听了摇摇头，目光盯着石料异常僵直。

“三十年前，我和得了绝症的妻子去新疆做最后的旅行，我发过誓，要让她最后的时光充满幸福，准备把家里所有的积蓄都花在旅游路上，让她没有遗憾地走。可这个世界上有谁比她更了解当时的我呢？那时候我正痴迷于鉴石，一心想以此发财。于是当我流连在和田集镇上，盯住这块石头时，她说什么也要从那位维吾尔族大叔的手上花九千元钱为我买下它！她知道我喜欢它。她说，那就是她送给我的最后的礼物……

“这么多年过去了，说实话我也不知道它的真正价值，当年我还年轻。或许它价值连城，或许根本就分文不值。现在你拿走吧！我只恳求你以籽料卖掉，不要亲自去切开它……”

老冯抬起头来，眼里已全是泪花。

又过了两天，陈凼竟急匆匆地突然找到了老冯门上：“快告诉我！那块籽料你卖了没有？”

老冯先是惊愕，继而沉默，随后疑惑地问：“还没有……你后悔了？”

陈凼激动地说：“你留下的那块籽料切割方向不对！我让人换了一个角度重新剖开了，下面不但有玉，还发现了几十条玉虫化石！听说过吗？——‘一虫十万’哪老冯！咱们有钱了！”

冯致仍将信将疑，却见陈凼将石料从箱子里抱出来推给自己：“接着，你看！”

冯致哆哆嗦嗦却并不伸手，盯住了那块石料，突然双手抱头猛蹲下身，嘴里赫然发出一声长叹：“老陈呀，其实女儿没病……”

悬 剑

一大清早，灌汤包铺子里，热气腾腾，人头攒动。

由于加班睡得迟，我迷迷糊糊走进去，点了包子，找个角落慢慢地舀着蛋汤喝。等差不多吃完了，胃里舒服了，站起来去付钱。这时，老板告诉说结了。

我愣住，随着老板的手一指，楚队的背影一闪而过。

我心中猛地涌起一道暖流。

楚队，我实习时遇到的第一个领导和搭档。

十二年前，我警校毕业，回原籍实习。那阵儿正赶上县城几十家单位接连被盗。重压之下，刑警全员出动，迅速展开调查。

分工头晚，我和楚队被分在守候组。说实话，我挺失望。

那时候，有个身高一米八多、说话像打雷、抓贼像抓鸡、唱刘欢的歌堪称一绝的齐队，才是我心中的偶像。就连他常开的一辆破仪征越野车，大老远见了我都感到亲切和兴奋！

可楚队呢，个子不高，其貌不扬，戴了副眼镜，是全队唯一的近视眼，丝毫让人感觉不到刑警的霸气。

我们很快赶到了守候地点：地税局传达室。这是县城尚没被盗的主要单位之一。我们的任务是加强此地的安全防范，又要留心发现盗贼光顾即刻实施抓捕。

比起那些手持“五四”，开着便车四处巡查的同事，这任务也让我感觉憋屈。我们不但没配手枪，连部对讲机也没有，而且还要整夜守在狭窄的传达室内，不能开灯，不能打瞌睡，不能发出一点动静，承受着蚊虫的狂轰滥炸。

或许是我主观上对任务有偏见，我们刚把熟睡中的门卫叫起来，打开门走进去，我脚下忽然一软，竟没站稳，碰倒了一个东西。只听砰的一声，身边传来一阵巨响！

倒霉，我绊倒了一个暖瓶。

幸好暖瓶里的水不烫，可我还是连惊带吓，站在原地不知该怎么办好。黑暗中，只听楚队严肃地说：“不许开灯！怎么搞的？”

我听了又急又委屈。屋里没开灯，我刚进门视线还没适应，而暖瓶居然放在了地板中间，你不问我烫到了没有，还发火？

楚队又对门卫说：“屋子小，你赶紧去睡觉，地板我们收拾。”

哪知门卫得理不饶人地说：“你看看，我就这么一把暖壶！”

听他的口气，好像我们打扰了他休息，而没有帮他加强保卫。而且他的意思明摆着，就是想让我赔他一个暖壶。

果然，楚队问他：“你这暖壶多少钱一把？”

他毫不客气地说："新的话，十块钱！"

我兜里装的钱可不止十块，但不知为什么，我就是执拗地不想赔他。而且接下来，更令人匪夷所思的事情发生了，我竟鬼使神差地对楚队撒了一句谎："楚队，不好意思，我没拿钱。"

楚队听了，毫不犹豫，立刻掏出十块钱来给了门卫，那门卫仔细辨认了一下，才上床拉下蚊帐继续睡了。

我羞愧且不情愿地打扫了残渣，靠楚队坐下。此时楚队正两眼紧盯窗外，活像一只高度警惕的猫头鹰！外面死寂一片，除了偶尔有一两只野猫蹿过，连丝风都没有，而我们很快汗流浃背。

时间一点点过去了，远近就只剩下门卫的呼噜声。这简直是我有史以来度过的最难熬的一夜，浑身被汗水湿透又黏又潮，从脖子到脚被蚊子咬遍奇痒无比，可我和楚队没说一句话。直到天亮。

从这天开始，我们白天睡一上午，下午去队里处理事务，而晚上雷打不动去搞守候。渐渐，我竟对这活有了别样的兴趣。因为我想跟楚队竞赛，想比比是谁先开口，比比谁先感到厌倦。

漫长的五天后，领导觉得民警快累到极限了，而队上事情太多，不能让所有人都耗在这案子上。临撤的最后一晚，天亮了，楚队突然从马扎上一头栽下来，眼镜甩出老远，眼睛却睁得很大，布满血丝。

我过去扶他，楚队开口了："别动，让我放松躺一会儿，还是你小子身体棒啊，我腰都快断了！"

楚队输了。我觉得他在向我服软呢。这时，我最想做的事情就是向他道歉，然后还他那十块钱。可还没等开口，他又说道：“干我们这行的，头上都悬着把剑，既威风又危险，有时候是群众给咱的，有时候是敌人，还有时候是自己，一不小心就会伤人！你还年轻啊……”

听了这话，我心里酸酸的，我觉得这里面有楚队对我的嘲讽。

于是，我口是心非地说：“跟您搭档，我学了不少东西！”

楚队听了，却摇头一笑：“其实这时候，我们最不应该撤……”

我对此更是不屑一顾，这笨法子本来就是无用功，他还上瘾了？

然而，我和楚队撤后的第二天早上，一条发案警情几乎生生将我震蒙：税务局昨夜被盗！

原来，暗中的贼比我们更能坚持。

那一刻，我的心像被下落的利剑狠狠刺中：震惊、耻辱、痛苦。楚队日常苛刻的言行重回记忆，让我陡然醍醐灌顶！

一晃，十多年过去了。那案子早就完结。楚队也调出了刑警队。可多年从警，我脑海里始终记挂着楚队的“悬剑”之说：当警察的，每人头上都悬有一把剑，代表正义时，它会无形中助你一臂之力，负责警醒时，却随时可能刺伤自己，所以要格外谨慎、隐忍和智慧……

楚队，我从警的第一堂课，我心中永远的“剑哥”！

眼　力

说说老白抓贼的事儿。

十多年的下半夜巡查，老白遭遇的各种毛贼不计其数。

因此，老白也练就了一双迥异于常人的夜眼。

老白那双眼，瞪起来硕大无比，眼珠外凸，不怒自威，与寺庙中的金刚罗汉很有一比，虽常常充满血丝，但夜间眼力好得出奇。

有一次，他们在历山小区搞守候，手下协勤跟老白打赌，猛不丁指着三十米开外，正在房顶上掐架的三只野猫，问："白队，都说你眼力好，你看看它们哪只是公的，哪只是母的？"

老白听了趴着没动，用余光瞟了一眼屋顶，随口说道："清一色，都是母的！"

手下不信："牛皮吹漏了吧？哪有同性间这么互掐的，闭着眼都知道这里头有公有母，在争风吃醋！"

老白依然慢条斯理："声音放小点，眼别乱撒摸，待会儿让你们亲自去验证！那三只猫肚皮下都挂着一长串奶子，是公的能有那玩意儿？它们也不是争风，是在争一只破袜子，而且是女式的，黑长丝袜……”

协勤们如听天书，一百个不相信，等过了守候的点，凑过去一看，都傻了。猫果然全是母的，争的也确实是只黑丝袜！

为此，协勤每人输给老白一包好烟，可很不甘心：“假设黑丝袜是你眼力好看出来的，可猫肚底下的玩意儿根本就不可能看见，除非你是孙悟空转世！”

老白悠闲地吐口烟圈：“你们是孙悟空，我是白骨精！闷死你们这帮猴儿们！”

老白究竟是怎么做到的？恐怕那些协勤至今还蒙在鼓里。而我也是磨破了嘴皮子，才在事隔很久后从老白嘴里套出了真相。

原来，老白经常在这小区一带转悠，三只猫是谁家养的早就了然于胸，母的就是母的，还用得着看？

还有一次，老白和两名手下对某青年进行盘查，当场从其身上搜出了扳手跟断线钳。那人见势不妙，撒腿就跑。老白紧追不放，不过还是被慢慢拉开了距离。

最后，嫌疑人逃进一个路边小区。老白和手下赶到时，发现此处地形复杂，旧楼密得令人眼晕。

老白火速用电台招呼兄弟们增援，一边让两名急于建功的协勤原地待命。

协勤纳闷，趁嫌疑人没跑远，应该赶紧搜啊！可老白说不，并且大模大样地站在小区入口，示意让协勤往其中一座旧楼上看。

协勤直着眼看了老半天，没发现任何迹象，更没听见任何动静。

可增援一到，老白立即布置了把守人员，带人直奔那座楼的第二楼洞。

五分钟后，老白就把光着脚的嫌疑人给请下来了。

大家对老白眼力佩服得五体投地。问起来，老白也没来得及谦虚：刚追到小区入口时，他发现几座楼中，唯有这个楼洞一二层的声控灯亮了很小一会儿即灭掉了，此后就再也没有亮过灯。

因此老白判断，嫌疑人多半跑进了这楼洞，那人一开始心情急躁，动静也大，一二层的声控灯就亮了。而紧接着，他注意到了这问题，再往上跑时就会格外留意，甚至脱掉鞋光着脚往上走，不会再让灯亮了。

真正让老白眼力名声大噪的，还属破获城区系列车牌被盗案。

那个夏天，上级下派县局挂职的一位副局长，点名要和老白进行下半夜巡查，切实体验一下基层生活。

那时间，县城车牌被盗案频发。犯罪嫌疑人仿佛午夜幽灵，每每在老白眼皮子底下得逞，频频在失主车前窗上留下笔迹嚣张的字条："往 × 卡上打两百元钱，马上告诉你藏牌地点！"

老白对这贼恨得咬牙切齿。那晚带着副局长绕县城转了大半夜，最终盯着路边一个刚要跨上摩托车的人兴奋起来。

老白截住他，亮明身份："这么晚了，在这干什么？"

那人很镇定："批发早菜的。"

“批发早菜，怎么不去菜市场？”

“路过，撒尿。”

“撒尿？撒完了吗？”

“刚撒完，这就走。”

“等等！”老白边说边绕摩托车转圈。

车是单人摩托车，人又穿着短袖半裤，确实看不出破绽。

副局长示意老白撤，可老白不走，非但不走还请副局长帮忙看住人，他要到附近绿化带中搜车牌。

副局长说看人你在行，还是我去搜吧。老白这时补充了一句令副局长终生难忘的话：“局长，趴在地上找找他撒的尿！”

尿，当然没找到。四周压根就没有半寸湿地方！

那人慌了，提提裤子想改口，却从裤裆里掉出一只签字笔来。

老白和副局长见了大乐，立刻把人带回去，转而从其住处搜出了上百副车牌！

案子破得漂亮。副局长后来问老白：“你是怎么看出那家伙有事儿的？”

老白说：“憋了一晚上，撒泡尿应该既放松又痛快，可那家伙手脚发颤满脸紧张！”

这事儿，经过内勤整理，登上过省公安厅的《信息简报》。题目就叫《夜间巡查效果好，蛛丝马迹破悬案》。

不过很遗憾，副局长找尿那段儿，只字没提。

智取

夜间巡查，光有好眼力和好体格不行，关键时候得动脑子。

去年一个凌晨，老白他们在县医院附近守候，眼见从里面扭扭歪歪开出一辆面包车，还没等拐到大路上就熄了火。

老白带人摸过去，见车上下来一个壮汉去推车，留个小个儿把着方向盘。

“这么晚了，干什么的？”老白亮明身份问。

“看病的。”小个儿回答。

“跟谁看病？”

“我父亲脑血栓！刚住上院，我回去拿点生活用品……”

这时，车后的壮汉接了个电话，嗯嗯了几句挂上，冲小个儿喊：“老三，不行我得赶紧回病房！你先叫警察同志帮帮忙……”

说完，扭头就向病房楼跑。

老白想制止，可转念万一耽搁看病就麻烦了，赶紧对几名协勤耳语几句，叫他们跟上去。

老白继续盘问小个儿：“车怎么回事？是你的吗？”

“我的！二手车，好熄火，尤其是大冷天……”

“你下来，我帮你瞅瞅。”

小个儿下来，被夹在协勤中间。老白上车，左看右看，车上很干净，没什么工具，且是用钥匙正常启动的，没什么异常。

老白拉开风门，轰几脚油，随后钥匙一扭，车就打着了。老白下了车，脑子却转得飞快：“你父亲住几楼几号？需要帮忙我们去看看。”

小个儿连忙摇头说不必，可老白坚持热心到底。

小个儿没法，只好说：“那实在太麻烦了，老爷子安排在三楼，具体几病室我还不知道，你们得去找找。”

说完，小个儿挂挡要走，老白突然大吼一声：“拿下！”

拿下了小个儿，老白用电台问那边情况。那边壮汉没进病房，正给几个协勤敬烟套近乎呢。

老白还是那两字：“拿下！”

两嫌疑人十二分不服，一个劲儿问怎么了？老白厉声吼道：“这地方我天天转，三楼是妇产科，老男人能得妇科病？！”

两人听完彻底蔫了，乖乖坦白了潜入病房偷盗病人现金和汽车钥匙的经过。

这事过了没几天，老白手下一名协勤在分组盘查时，被嫌疑人用剪刀刺成了轻伤。那协勤人年轻，长得帅，还没女朋友，从额头到下颚划开的那道深口子，几乎毁了容。

老白看在眼里，疼在心上，发狠非要抓住那个狗娘养的。

半小时后，他们发现了嫌疑人踪影，将人一路追进了妇幼保健站。

那是一座五层建筑的旧楼，老白留下两协勤把守，带人从上到下依次展开搜捕。

结果，没有。兄弟们意见一凑：全楼上下，只有妇产科亮着灯，但锁着门没搜，嫌疑人八成就躲在里头！

所有人都跃跃欲试，想来个瓮中捉鳖。可老白说：“不，马上收队！”

大伙儿不解，人不抓了？受伤弟兄的仇不报了？

可命令就是命令。大伙在老白带领下，沮丧地吆喝着：“妈的，叫他跑了！撤了！撤了！冻死了……”

两分钟后，全楼上下撤得一干二净。

唯有两名队员发现老白向他们使眼色，并递过来一条拖车绳，两人心里顿时雪亮。不一会儿，楼上飞快地跑下一个黑影，刚到大门口就扑通一声被绊了个狗啃屎，手中的剪刀甩出去十多米远！

这招欲擒故纵，等事后协勤明白过来也没觉得特别高妙。但老白再一解释，却都佩服得直竖大拇指！“嫌疑人手里有剪刀，万一逼急了拿孕妇或新生儿当人质呢？事儿就大了……”

常在河边走，偶尔也湿（失）手。关于智取，老白还有段反面经典。

那段时间，停在县城路边的大货车，轮胎或备胎经常半夜被盗，那可是一条好几千的东西，受害人怨声载道。

一天半夜，老白巡到县城外环，发现几名可疑分子正在一辆大货上忙活，老白立即鸣响警笛，开足马力冲过去，对方上车就逃。

老白将油门踩到底，可无奈对方开的高档轿车，根本就撵不上！老白只能向指挥中心汇报，让派出所火速在沿线布控堵截。

让老白惊掉大牙的是，这不是一帮普通意义上的盗贼。他们刚驶出县城就不跑了，停在一条荒郊小道上，径直跳下五六个壮汉，人手一把凶器，领头的还端着类似关公用过的青龙偃月刀！

老白心说坏了，自己车上才四个人，不但没配枪，就连长点的器械都没有！打是打不过，往回撤？可小路窄得无法调头！硬着头皮上？那不是找死吗！情急中老白狠加油门，越过歹徒，硬是将双方车门都挤扁了才冲出包围圈！

可老白接着又发现，前面竟是条死路！眼看歹徒挥刀杀近，老白干脆和协勤下车就跑，边跑边喊边叫，最后倒是歹徒放弃了追击，从容倒车离去！

铩羽而归的老白事后向领导如实汇报：他们躲在柴火垛里半夜没出来，幸亏后援全副武装赶到才把他们接回去。

“能不能给巡查队配把枪啊？”老白趁机申请。

领导沉默片刻，继而点点头：“不硬拼，保住命，这也是智取！”

良　心

世上没有两片相同的叶子，但世上偏偏总发生一些似曾相识的奇事。

今年冬天一个凌晨，老白和队员开车经过居家城市场，由于车速慢，透过车灯，老白远远发现地上散落着大把钞票。

此时，天上正飘洒着小雪。

而随着小雪飘然落下的，还有一些花花绿绿的钱。

夜巡这么多年，老白算头一次开了眼。天上下雨下雪下冰雹甚至下沙子他都经历过，唯独下钱还是第一次见。

老白下了车，顺着飘钱的方向抬头看，发现头顶高耸的塑钢大棚边角上，正斜搭着一个黑色皮包，钱就是从那里面忽忽悠悠地飘落而下的。

老白赶紧指示队员去够包，自己弯腰去地上捡钱。难不成这真是上帝的打赏？不要白不要啊！

可捡着捡着，老白发现情况不对。

钱大都是些毛票，上帝怎么那么吝啬？

而且捡着捡着，老白有种强烈的不祥预感，问题究竟出在哪儿，一时说不上来，可天那么冷，他愣是冒了一背的冷汗。

等队员把包够到手，地上的钱捡完，仔细一数，总共一千三百五十六块四。

有队员嘴快说："白队，情况不妙啊，一三五六四，一天没好事。天马上就亮了，咱撤吧？"

"撤？这鬼天，谁不想老婆孩子热炕头？"老白眼盯前方，前方是平时用塑钢大棚挡雨遮阳的菜市场，此时一片死寂黑不溜秋望不到头。"可事儿太蹊跷了，你们以为真是财神爷送钱？"

"有可能！"队员兴奋地说，"以前电视上还演过刮风下鲤鱼的事呢！"

老白冷嘲："那财神爷也忒小气了，看看这些钱，百分之八十都是毛票，还油乎乎脏兮兮的，像他老人家的手笔吗？就给这么点！"

老白说完，上车拿了手电，命令队员和自己继续往大棚深处走。队员们也来了兴致跟上，那架势颇有点阿里巴巴领着众乡亲发现了金山一样。

可他们一直走到尽头，再没有发现半毛钱。一路上也没遇到半个人影儿。

队员失了兴致，冻得冷冷缩缩，老白却在往回走时眼珠子仍瞪大着到处撒摸。

终于，老白的预感应验了。他们虽走在同一个大棚下，但中间因有石板隔着，来回走的是两条道儿。返回途中，老白突然用手电指指左前方的地上，问身边队员："你们看，那是什么？"

队员们不看不要紧，一看汗毛都直起来了——

在那排极低的水泥隔板下面，赫然露出一只脚来，脚上穿着一只沾泥带水的女式皮鞋！

老白和队员虽见过不少伤害现场，可眼前阵势实在令人心惊胆战。所有人的第一感觉，就是发生了杀人解尸案。

老白和队员赶紧上前察看，事情却出乎意料——腿是完整的腿，人也是完整的人。

等他们齐心合力小心翼翼把人从隔板下拽出来，竟发现那中年妇女还有微弱的呼吸！

救人要紧，他们二话没说就把妇女送往急诊。

然而这一送，却让他们没能在天亮时下班。妇女的家属赶来后，死活不让走，一口咬定就是他们开车撞的人。

尤其是听医生初步诊断说，妇女很可能成为植物人时，家属闹得更为凶猛，非让老白他们掏钱赔偿。

老白和队员百口难辩，掏出工作证，掏出捡来的皮包和毛票，把过程详细说了一遍又一遍，可对方还是不信。队员要火，被老白强行按住。原来，老白也看出来了，对方不是不信，而是怕连他们也走了，找不到肇事者，医药费担负不起！

老白虽心里有气，但更恨那个撞人的家伙。经他分析，那人非但没施救，反而撞倒妇女后把她推进隔板下藏了起来。

要不是老白他们发现及时，妇女的命早就没了！

老白想趁着时间还早，去查那嫌疑人，可家属发觉了，硬拉着老白的胳膊就号：“你还是个警察？你讲讲良心啊！你不能走……”

老白腾地一下也火了：“是有人的良心叫狗吃了！我现在去给你们找找，找不回来我顶！”

老白把工作证押下了，带着队员返回市场。怎么都没发现肇事车的残留物。这会儿雪又大了，人车过往繁杂，到哪去找肇事车呢？

要说老白脑子就是转得快，去查监控！那么早的时间，看他往哪儿逃？

等老白和队员分头把几个路段的监控找出来，很快就锁定了一辆崭新的红色三轮摩托车。妇女被当场撞击的场面虽没拍到，但那车驶进大棚后一个黑色皮包被猛然甩出来挂在大棚上，数不清的钞票飘散而落的场景却历历在目！

接下来就好办了，家属看录像认出了肇事者。剩下的，抓人。

这事对老白本也不算什么，可从此以后老白多了个朋友，还多了句口头禅。

朋友，就是那个涕泪横流前来还他工作证的家属，他妻子不幸真成了植物人，可老白坚持隔几个月去医院看她，顺便甩出那句口头禅来：“人得抽空来看看良心……”

过 河

马导心里有件窝囊事儿。

这事儿，他揣上就放不下了，头发掉了一把又一把。

马导今年四十八,二十年前退伍后进的乡派出所，基层一干就是这么多年。马导也没什么文化，人长得粗枝大叶，不修边幅，显得很庄户。穿便服的马导，怎么看也不像个吃公家饭的警察。

马导家一直在农村，但在另一个乡镇，不值班时马导经常骑摩托车往二十几里外的家里赶。赶回去干吗？

除了照管妻儿老小，还得回去喂猪。

马导家里，上有病老下有弱小，全靠喂猪攒钱！

何况，马导在部队里就是饲养员，喂猪是老本行。

一个周末早上，马导不值班准备回家。可所里接到报警电话，辖区一农户家被盗，丢了两头老母猪。

马导跟所长说，这村子正巧在回家道儿上，我顺便走一趟得了。

所长同意了，这又不是抓捕，看看现场的事儿，马导经验多，正好。

马导换上警服（这点是他的规矩，出警就得穿戴整齐），骑着摩托车就去了。

现场很远，虽说大体方向顺道儿，但走了不少偏路。

来到受害人家中时，猪圈边已经围了不少人。见马导来了，受害人还没开口就哭上了。

马导跟着心酸，他很清楚两头老母猪对眼前这个贫穷家庭的价值。

“怎么回事？先别忙着哭，说说情况。”马导迅速进入角色。

“昨傍晚还好好的，我亲自锁好的猪圈门，今早上起来一看，两老母猪都不见了！”受害人说，“我耳朵根子很灵性，可不知道怎么回事，昨晚上一点动静都没听到……”

“最近得罪过人吗？”马导皱着眉问。

“没有，我可是全村出了名的老实！”受害人答。

“好好想想，以前有仇家吗？”

“确实没有，你看我住的这地方，独门独户的，能有什么仇家？”

马导了解到，受害人是多年前逃荒进村落户的，在村里是个外姓，为人还算忠厚，要是有人报复，这么多年也早把他磕碜死了，非得等到今天？

马导没再说话，记录本儿一合，就开始围着猪圈转，里里外外走了三圈，然后开始抬眼盯住围观的人看，边看边往人群中间走。

这时候，人群里有个扛锄头的汉子突然扔下锄头就跑！

马导吼了声："贼娃子，你往哪儿跑！"说着就追了出去。

汉子先跑出二三十米，马导和村民在后面紧追不放。马导边追还边回过头问："你们认识他吗？"村民都喊不认识。

这是好几个村交叉的地界，不认识也算正常。可马导知道，不认识就决不能让他跑了。

越追越近，汉子跑进一片玉米地，等马导飞快地追出玉米地，却发现那人已经跳进了河里。

马导这辈子最大的遗憾就是不会水。别看从小生在农村，可偏偏是个旱鸭子。但马导顾不上了，也跟着跳进河里去。

等马导再一抬头时，忽然发现情况不对！

正是汛期，河水远比他想象的深，前边的汉子虽已到了河中心，但也不会浮水，而且河心水流湍急，汉子被浪头径直卷向了河下游。

眼睁睁看着那人只有头脸露在水面上挣扎，马导急了，冲着身后喊："赶紧的谁会游泳！快去救人……"边喊自己边往河中心奔，刹那间也被河水冲向下游去。

在水里，马导的优势顿时化作了劣势。同样不会游泳，但他体重沉得多，下冲的速度根本赶不上那汉子。

令马导更恼怒的是，他身后没有一个人追上来！

最后，马导被河水冲得头昏眼花，侥幸抱住了一块大石头，才勉强从水里爬了出来。筋疲力尽的马导一上岸就疯了似的往下游跑，结果他看到了自己最不愿意看到的结果——

那汉子像块发了的面包，直挺挺地躺在下游芦苇丛中。

马导把尸体抱回村里去的时候，村民将他包围得里三层外三层。

村民们七嘴八舌地议论着，可马导跟傻了似的坐在尸体边发呆。最终，人散得差不多了，受害人才战战兢兢凑上来问马导："这就是那个小偷吗？你怎么知道的，为什么？"

马导缓缓抬起头来，眼神涣散地说了俩字："喂猪。"

受害人显然没听明白，又问："为、为什么？"

马导还是那副表情，回答说："喂什么，吃什么……"

受害人害怕了，再不敢多问，快速闪到一边去。

很快，所里的同事赶到了。所长办事利索，迅速叫人查清了死者底细，并从其家中猪圈里起获了丢失的两头猪。

往回走时天黑了，所长在车上问马导："你怎么确定是他干的？"

马导答："半夜弄走两头猪，不是现场杀的又不出大动静，很简单，小偷必定是个养猪的，那人身上有酒糟和鸡粪味。"

所长点点头，"既然是他没错，我们就没冤枉他！"

马导听了，忽然哭出来："可那毕竟是条人命啊，我要是不追他……"

礼　物

我这辈子，还有上辈子和下辈子，统统加在一起，估计也没见过比刘姐更热心的人。

刘姐在局里干过指挥中心、派出所、经侦、治安，可无论她在哪儿、干什么，但凡你找她办点事儿、帮个忙，她没有不给你掏心掏肺地忙活的。

哪怕这事儿不归她管，八竿子够不到，她给你那个下力劲儿，都让人感动得不行。

这些年，常听有同事和朋友发感慨，说自己哪天随口跟刘姐提起的某件事儿，自己都忘得一干二净了，刘姐却给忙前忙后地办妥了。

刘姐的热心还不只是对同事、对朋友，也包括对待同事的朋友、朋友的朋友，甚至是陌生人。

有一次，一个多年不见的同学联系到我，让我帮他一个在县城卖水果的亲戚办个暂住证。这事儿好办，又不违法，我就带着他亲戚——一个干巴老头儿，去了刘姐当时所在的城区派出所。

刘姐那会儿正忙得焦头烂额，但二话没说就领着人开始忙活，一直到把证件办好，还把人送出老远。

我原以为这事就这么过去了，哪料很久以后才知道，老头儿竟跟刘姐成了铁杆儿。

原来，老头儿见刘姐穿着警服，当着办公室主任，却丝毫没架子，说话就像自家人，于是以后办事就越过我同学和我，直接跟刘姐打交道了。

可交道打了半年多，老头儿感到挺迷惘：每次找刘姐帮忙，刘姐都很热心，临走还不忘关心嘱咐他几句，让他心里很暖和。可平时偶尔在马路上遇见了，大老远想给刘姐点水果尝尝，刘姐偏偏一头雾水状，并坚决推辞，似乎压根儿就不认识他。这是咋搞的？

其实，很正常。刘姐实在是太忙了。人到中年，上有老下有小，中间还有个娇贵的同行老公，工作千头万绪，自己业余还喜欢舞文弄墨，每天又得给难以统计的朋友忙前忙后，她这是典型的“选择性遗忘”。

刘姐的热心，还常常出人意料，甚至匪夷所思。

我刚参加工作那会儿，跟刘姐还不熟，每次遇到了，刘姐都会主动打招呼，而且猛不丁给我点惊喜：

“弟弟，我早上包的粽子，待会儿给你拿到办公室去尝尝。”刘姐不是客套，一会儿她准拿着粽子去办公室找你去了。

“有女朋友了吗？没有？那我得给你打落个好的！”不是敷

衍，过不了几天，刘姐就把几个姑娘的档案记下来私下里透露给你了。

“哎，孩子多大了？我晚上给她织了顶帽子，下班时来拿。”这是我有了宝贝以后。

“快过六一节了，我给佳佳买了件裙子，女孩儿都喜欢公主裙！”这是女儿稍大些的时候。

“那种病，小事一桩，男女都有，少吃辣，少喝酒，我过几天给你打听个方子……”这是刘姐得知我得了痔疮后的安慰，没几天她就给打听了方子抓来了药。

你要是以为我跟刘姐特别亲近，或者她特别欣赏我喜欢我，所以才这样关照我，那就大错特错了。说实话，刚开始我也有过这样的错觉，有些不习惯，可时间一长就知道了，压根儿不是这么回事。

全局上下，恐怕没尝过刘姐厨艺的人很少，没收过刘姐礼物的更不多，特别是那些年轻民警的孩子们，更是很少有人没穿戴过刘姐靠挤时间一针一线打出来的帽子、手套、毛衣……

你说刘姐她哪来的这么多热情？你说刘姐她哪来的这么多精力？很多时候，她对你和孩子的关心，甚至都能超过你自己！

我还做过一件让刘姐难堪的事儿。

有一次，我一个表叔和外甥女来办户口，正赶上下班时间，而且办理户口迁移手续复杂，工作人员要他们隔天再来。

可表叔不干，一来他刚从某局局长位置上退休，感觉很没面子；二来外甥女还想返回异地。于是，口气有些着急。民警无奈，只得说："这事儿今天确实办不了，除非是局长来。"

表叔一听更气，这不是埋汰他吗？岂不知对方说的是自己的上司。

气归气，表叔还是找到了我，把其中过程隐去，只说要我帮忙。我推辞不掉又走不开，便联系了刘姐帮忙，结果事情居然就成了。

直到大半年过去，再见表叔时他说起这件事儿，夸我既能干又有人缘时，我才恍然大悟，这一切可都是刘姐的情面啊！

而且后来我还意外得知，那天办手续的民警家属遭遇了车祸，正急等着下班往医院赶！可刘姐的出现，让人实在无法拒绝。

为这事儿，刘姐背后还受了说道挨了骂。

最近一次，上级要给刘姐一个"和谐之星"的荣誉，要求上报事迹材料。等她把材料写好了，我左看右看觉得太平。刘姐要我修改，我却又一时无从下笔。

转头间，我看见刘姐女儿要她修改的作文本放在办公桌上，随手翻动，看到这样一个故事——

刘姐异地出差，办案多日归来，女儿嗔怪妈妈对她照顾不上，弄得刘姐黯然神伤。这时，刘姐从包里掏出一个玩具递给女儿，虽然普通，但女儿还是很惊喜！

可当女儿拿着玩具，去楼下小超市里买零食时才发现，那玩具就是刚从这里买走的，屁股上的标签都没来得及撕。

仿佛一下懂事了的女儿，悄悄地，没有把这事说破……

这故事，看得我眼泪直打转。我甘拜下风，如此真实的精彩，我写不出来。

旧　账

大年二十八傍晚，街头仍然熙来攘往。

隔着纷乱的肩膀，大老远，就见李所长站在街边的法桐树下。

李所长还是李所长，多年不见，魁伟的个头，壮实的身板，笔直的腰杆，花白的短发，一点都没变。

只是站在寒风里，身上穿着十年前那件熟悉的灰外套，脸上一副无奈又孤单的表情，让他看起来很有些失意和落寞。

这一刻，我想起了廉颇。

我点燃一支烟，并不急于走过去。虽然我知道，他在等我。

烟雾缭绕间，时光呼呼地，仿佛回到了多年前。

他曾是我工作后的第一位领导——当时的看守所所长。

他曾为审犯人三天三夜不吃不睡；曾只身制服过三个扒手；曾喝烧酒用白碗、吃面条用木桶、吃羊肉用脸盆；曾带领一群平均年龄接近五十岁的民警争创全国一级看守所，获得过县局监管领域的至高荣誉……

可同样是他，从看守所长的位置上退下来后，成为多年来的众矢之的。

有人说他领导无方，跟他拼死干了多年，最后一片虚无；有人说他贪污受贿，曾在某小区订购过一套豪华别墅，临支首付时怕暴露才退了房；也有人说他占尽公家便宜，肆意花销公众钱款，让自家亲戚受益后连白条都不打……

老实说，老人在还是所长的日子里，对我不薄。

他文化不深，当年发现我在写作，或得知我发表了文章，他总是打内心里高兴。对我的外出培训、参加笔会，也总是相当支持。

而对每一位"时刻戴着半只手铐"的监管民警，他严父样要求苛刻。他用来凝聚人心的唯一方法，永远是喝大团结酒——一家人除了值班者留守，全部拉到路边小酒馆里，统统来个一醉方休。

别说，在那种年代，酒的确是最好的润滑剂和强心针。我曾亲眼见过李所长站在桌前，用瓢大的白碗向大伙连敬三碗老烧，嘴里是常说的那句："都打起精神来，站好自己的岗，没得说！"

受他影响，当时的我们，就连两名女民警在内，酒量都得到了最大程度的开掘。那是一段单调闭封、安定团结又狂放豪迈的日子；那是一段不经意打个饱嗝，酒香和欢笑还能氤氲到十几年后的时光。

一切，起源于那笔旧账。

当年的看守所，因为某些历史原因和偏见，云集了局里的年老者、病弱者、懒惰者、无能者、错误者，若不是因为升级达标考试，我们几个小年轻也不会一毕业就进去。

怀着一腔热血，乍一被关进去（安排进高墙内值班），我们都很沮丧。可偏偏有人还说风凉话：“叫你们赚了，那里福利多好啊！”

福利好吗？什么福利？

原来，看守所羁押人员种类很多，其中有部分人可留所劳动改造。安排他们干点插假发、投山楂籽之类的手艺加工活，可以创造经济价值。

于是，民警有了福利。

这种福利前几任所长是怎么分配的，我不清楚。我只知道，自打我们归在李所长手下后，远远不是外界传言的那种程度，甚至就连叫人羡慕的资格都没有。

逢年过节，买斤鸡蛋、批包粗茶或分袋红糖、发瓶白醋，每月解决二三十块钱的电话费，偶尔出去喝场大团结酒，总共就这些东西。

比起其他单位，我们没觉得腐败，但是也够知足。

那一年，李所长外出联系了一项改造项目，让部分留所犯人加工苹果套袋。干这活儿仅用纸和胶水，安全系数高，服刑人员也乐于参与。于是，开工。

没想到，这活儿当年很稀缺，盈利可观。很快钱挣下了，所里决定干脆花大价钱购买机器和纸张，长久干下去。

为购买机器，李所长破天荒要求民警集资，每人一万。盈利用来改善监管设施、在押人员伙食和民警福利。

眼见大批的纸袋运出去，众人的希望也一天天鼓起来。

令所有人大跌眼镜的是，大伙没等到分红的那一天。没多久，人事调动，李所长退了。临走大家眼巴巴地等待分红无果，竟连本钱也没拿到。

这下麻烦大了。钱没收上来！那些本钱可是个人的血汗钱哪。

有人郑重警告李所长，无论贷款也好、借款也罢，还是赶紧出去要账，总之得先把个人的钱给还上！

可李所长出去要了一圈，两手空空回来，各人只得分了一张白条散伙了。

从此，李所长家里再没消停过。昔日的兄弟姐妹上门本是好事，可统统是来发火撒气索债的，老婆也因此跟李所长翻了脸打破了天。

有太多人都想不通。李所长为啥不贷款借款，把这些私人账先结了？公家账自会有后继者接，可私人账是没人肯认的。他傻吗？

李所长退了后的这些年，据说长年在乡下老农手里抠账，家境窘迫。女儿、儿子大喜时，老部下居然一个都没来……

我弹掉烟蒂，走过去。李所长见了我微微一笑："拿钱还不积极？呶，每人先拿 60% 本钱，当年打条的就这些了。"

十多年了，我一时不知道该感谢，还是该安慰他。

“其余的，我慢慢要，这不快过年了，你走了我还得跑几家瞅着去。”

天黑了，又冷。“老领导，都问你这是何苦呢？当年……”

“好汉不提当年勇！”李所长抬头望天，“这辈子，我算欠你们的！个人的债再难也好还，可公家债我实在不能担！我老了，干了三十多年公安，不想末了连回忆也毁了……”

此时此刻，风很大。我觉得手中的钱，很沉。

战　功

出了县城，向西走两公里，有个斜坡。

上斜坡往北一拐，有一大排平房。

这地方，原先地偏人稀，以养狗出名，俗称“狗窝子”。

实际上，这里就是早年县局的警犬训练基地。

听老一代人说，基地红火时，养过二三十只纯种狼狗。每次搞抓捕，声势威严浩大，不但成功率高，而且震慑力更是空前。

然而，随着各种形势的不断变化，警犬数量连年骤减，基地也渐渐名存实亡。

后来，根据工作需要，这地方改成了刑侦大队的一个办案中队。

基地元老，退休的退休、调走的调走，唯独剩下了民警老倪和警犬“板凳”。

老倪还差两年退休，是专为板凳留下来的。

老倪没啥文化，人长得又黑又瘦。从协勤到转正，虽干了一辈子警察，但喂了半辈子的狗。从未摸过枪、办过案、立过功、受过奖。

板凳就不同了。板凳的父亲虎娃，是条纯种的德国黑背，当年是赫赫有名的战斗英雄。无论是巡逻放哨、守候盘查、追踪抓捕、现场搏斗，都有过值得一提的经典案例。可最后，虎娃是让几个盗窃犯给麻醉后活活打死了。

板凳青出于蓝而胜于蓝，不但长得高大健壮，勇猛异常，而且特别灵性，能与主人心性相通。

有一次，民警们得到线索，深夜去围捕杀人凶犯。进村后发现，歹徒藏匿的屋子虽不大，但院墙极高，插满碎玻璃碴，很难攀爬。若贸然强攻，持有枪支的歹徒早已是惊弓之鸟，很可能会铤而走险，造成不可估计的伤亡。

指挥员冷静地确定了方案：先把两名经验丰富的民警托上墙去，悄然进到院子里，随后迅速打开外门，大队民警随之冲入实施抓捕。

不料，意外发生了。

两民警刚跳进院内，就跌进了陷阱！原来，歹徒白天在院墙下挖了一排深沟，沟底埋了铁夹子，民警跳下去正中埋伏，不但腿脚受伤，而且丝毫不能动弹。

墙外民警进不去，墙内民警受重伤，而屋内的歹徒随时都可能持枪冲出来开火！在这千钧一发之际，一条黑影忽然腾空蹿起。大伙定睛一看，发现那是板凳。

只见板凳矫捷地一纵，已用前肢稳稳攀住墙头。那一刻，板凳躯体几乎拉伸到了极致，足足两米有余！随后，板凳用粗壮的后腿在墙壁上奋力蹬了两下，整个身体又像回缩的弹簧一样迅速收拢。于是，板凳四肢在墙沿上短暂聚合，忽又猛然发力，轻盈地跃进了那个深深的小院。

五秒钟后，躲过陷阱的板凳凭牙齿弄开了紧插的外门。大队民警一闪而入，踹开内门迅速制服了五名歹徒。而就在给歹徒戴手铐的同时，民警在枕头下赫然发现了已经上膛打开保险的自制手枪和五连发短筒猎枪！

这次惊险万分的抓捕，一下让板凳扬名立万。就连板凳急中生智的主人，也立了个三等功。

后来的后来，板凳立功受奖如家常便饭，逐渐成为警犬中的王牌。

可这一切，都与老倪无关。

老倪是基地元老不假，可老倪从没训练过警犬，只是个喂狗的饲养员。

其实，饲养警犬也不容易。每天，老倪都得绞尽脑汁给警犬拟菜谱（兼给同事们一起做饭），然后骑着三轮车上街去买新鲜肉，回来精雕细做后得把伙食交给警犬驯养员，由他们亲自给警犬进食，这样做是为了保证训练效果和加深情感。

很明显，老倪干的就是绿叶的活儿，但老倪毫无怨言。

多年来，老倪从未在犬食费上有过差错，“再抠也不能抠狗粮，那是跟自己过不去！”老倪说的是实话。那时警犬的待遇，远远超出民警自个儿的。

老倪的机会，来自多年后的一个秋天。基地解散，同事分流，警犬处置。领导征求老倪意见，老倪瞅瞅院子里唯独剩下的板凳，选择留了下来。

板凳颈上长了一个化脓的瘤子。医生虽说是良性的，但或送或卖都出不了手。

老倪恋旧，从此除了给刑警做饭，就常常牵着板凳去马路上遛弯。再后来，中队改建楼房，实施正规化建设。领导又找老倪谈："板凳不能留了，怎么处理，你看着办吧。"

老倪无话，转头呆呆地望着板凳，眼泪就出来了。

一天中午，心烦气躁的中队长走出审讯室甩给老倪三百块钱，让老倪出去弄盆狗肉开开荤，说屋里俩抢劫犯都审十多遍了，愣是不开口，也找不到证据。

老倪听完走了，过了饭晌却还没回来。民警出门一找，惊得奔回来爆料："老倪头简直疯了，为省三百块钱，竟亲手把板凳杀了！"

众人正在唏嘘，却见老倪提着狗皮端着狗肉回来了。老倪伸手递给中队长一枚钻戒："你们要找的是它吧？那天我带板凳遛弯，你们开警车过去，有人向着窗外，吐出个用火腿肠皮包着的团子。板凳老了，以为是你们丢给它的，就叼起来吃了。现在我一回想，那准是嫌疑人丢的证据……"

中队长和民警们听了惊喜不已！却又见老倪掏出三百块钱递过来："钱省下了，肉一定要吃。不是我残忍，这是板凳最后的牺牲！还有，我这把老骨头也想和板凳一起立个功……"

天黑黑

马爽在等待天黑。

天不黑。

天怎么还不黑呢？天一点也不了解马爽的心思。

天真是的。

马爽因此对 1984 年的那一天很有意见。

那是一个知了声嘶力竭的初秋傍晚。马爽肚子空空地站在托儿所边的一小片树林下，眼巴巴地抬着头望天。

天是蓝蓝的天，很干净的天。偶尔，从很远的地方飘过一小朵白云来，却像个害羞的小姑娘，只被人盯了一小会儿，就以极快的速度溜掉了，溜到哪个看不到的地方去了。因此马爽觉得白云也是有家的，他们的家就在天上的某个地方。那里有白云，有黑云，有黄云，还有彩色的云。总之是一大群云兄云妹，簇拥在一起，很热闹，不孤单。云爸爸云妈妈不用上班，云哥哥云妹妹也不用上幼儿园育红班。他们就整天在天上玩啊、逛啊，周游全世界，反正不觉得累，还挺有意思的，想上哪个国家就上哪个国家，想到哪里玩游戏就到哪里玩游戏。他们玩累了，随便一躺就可以睡着了。反正他们又不用吃饭。他们玩得想撒野了，随便撒上一泡尿，地上就下雨了！

哗哗，下大雨了！马爽望着望着，想着想着，突然禁不住掩嘴笑了起来。他发现自己很聪明地想明白了一件事情。原来地上下大雨，就是天上的云彩们玩累了撒下的一泡长长的尿啊！

马爽笑着笑着，忽然觉得脖子已经很酸了。他低下头来，却无意中看到了地上的一个洞。

这是一个微小的幽深的洞，一个马爽熟悉得不能再熟悉的小洞。就在昨天，他还跟赵姨、崔叔还有姚要明、谢春华、李建国他们去过东树林，他们去的时候天还没黑，可东树林里已经有不少人了。刚刚下过雨，树林里的地上有些湿滑，不时能看到一些气臌臌的蛤蟆从这棵树底下跳到另一棵树底下，有的蚯蚓头已经被杂乱的脚步踩扁了，尾巴却还在兀自抽动个不停。

马爽手里攥着一个小塑料袋，那是他从家里把盛白糖的袋子拿了出来。而那些雪花花的白糖经过最后一次超大剂量的浸泡，提前被马爽喝到肚子里去了。幸亏马爽的爸爸妈妈和妹妹都没在家，而负责照看他的赵姨和崔叔是看不住他的！马爽很为这一点得意。

马爽和姚要明、谢春华、李建国几个，像一串丁零乱响的铜铃时刻跟在大人的屁股后面。而谢春华离马爽最近，马爽最清楚这是为什么。就在前几天一个下午，他们几个幼儿园的同学曾经一起悄悄溜到东树林来。他们来是为了捉住一只或几只幼蝉，拿在手里玩。幼蝉，他们都玩过的，放在手里边，任它们爬，笨笨的，很好玩儿。只是有时候蝉要发起火来，用两只钳子夹人手，也很疼，但是忍一忍就行了，蝉这种动物不会有很多耐心，夹一会儿就不会再夹了。

可是，那天他们刚刚走到东树林边，还未能往里走远，就有三五只大蛤蟆七上八下地跳了出来。那是些什么蛤蟆呀，是疥蛤蟆！听大人们说，谁要是被它们身上的毒液溅到了，脸就会腐烂！

首先跟着蛤蟆一起跳起来的就是谢春华，就她一个女的，就数她最胆小了。她一跳不要紧，自己粉红色的凉鞋却粘在地上了。谢春华光着两片白脚丫躲到了马爽背后。马爽本来也吓得要命，可这样一来，只好站得笔挺笔挺，竟还回过头来对着姚要明和李建国说："怎么样？你们还敢不敢进？你们如果不敢进，我就自己进去了！"

不料姚要明和李建国并不吃他这一套，他们似乎并不怎么怕，一边说着"敢进敢进"，一边往里迈着步子！马爽更是来劲，小心翼翼地拉着谢春华，甚至还走过去为谢春华拾起了鞋子，也一起向着树林深处走去。

没想到，也只走了几步，走在前面的姚要明和李建国就像受到惊吓的疥蛤蟆一样蹦跳起来！他们喂哇乱叫着飞一样地跑出了林子，大口喘气，眼睛睁得足有拳头那么大！

"你们不是很勇敢吗？"马爽虽也心惊肉跳，几乎是跟在他们后边跳出来的，可现在是该他嘲笑他们的时候了。平时，就是这两个人老是在跟他作对。中午在幼儿园里午休时，成阿姨不让说话，可姚要明和李建国他们偏偏跟自己挤鼻子弄眼，惹得他发笑，后来就忍不住和他们说话了。可是成阿姨把错误全部归咎到马爽一个人的头上，成阿姨还警告马爽说："等再过几天，你爸爸妈妈回来了，我就告诉他们你午休时和别的小朋友们说话，不遵守纪律！"

姚要明和李建国没话可说了，他们脸都吓白了。他们说，树林里怎么有那么多癞蛤蟆呀？都是哪来的呢？树林里应该都是树才对，怎么里面住的都是癞蛤蟆呢？真是吓死人啦！

"马爽，"他们又开始挑衅，"你还敢一个人往里走吗？"

马爽正和姚要明、李建国对峙着，几乎随口就喊了一声："敢！"

姚要明和李建国当即笑了起来。他们哈哈地笑着说："你快把谢春华的凉鞋还给人家吧，要不你过会儿见了癞蛤蟆，把人家的凉鞋当子弹打了癞蛤蟆怎么办呢？你难道让人家谢春华穿着沾了癞蛤蟆毒的凉鞋去上学吗？"

旁边的谢春华听了，发出了呀的一声尖叫！从马爽手里一把夺回凉鞋来，飞快地穿到了脚上。

马爽似乎受到了侮辱，忽然哼了一声，对姚要明和李建国说："好啊，要不我用手捡起一只癞蛤蟆来给你们看看！"

姚要明、李建国包括谢春华都难以置信地瞪大了双眼，虽然他们对这一危险举动充满了恐惧，但却非常想亲眼看看马爽到底能否实现自己的诺言。

马爽盯着姚要明和李建国，尤其是自己身边战战兢兢的谢春华，终于明白什么是吹牛不眨眼了。马爽为难地挠挠头皮，忽然捡起凋落在地的一片梧桐树叶，一转身，隔着树叶就向地上的一只疥蛤蟆抓去！

马爽高高地扬起手来说道：“你们看见了吗？看见了吗？”痛苦的疥蛤蟆在马爽手心里四肢乱蹬，其他三个人纷纷往后退散。马爽倏地一下将手里的梧桐树叶和疥蛤蟆漫过他们头顶扔进了近处的小河！随着扑通一声，所有人都看到了疥蛤蟆像一块大石头一样掉进了水里，一入水，疥蛤蟆忽然像一条灵巧的大鱼，快速优雅地游到水草里去了。

那片沾过疥蛤蟆的梧桐树叶，径自在河面上漂旋打转，很快也就消失在了一座小石桥下。

而就在昨天，他们的收获却截然相反。因为有了赵姨、崔叔，马爽他们非但恐惧感大大减少了，手中的塑料袋子也终于没有白拿。马爽还在树林里意外发现了王海涛一家三口，他们家家长居然允许孩子来东树林里捉蝉！他们家大人真好。

王海涛和马爽关系最铁了，在幼儿园里，他们都是喜欢打扮成七个小矮人的同学，而姚要明和李建国总是喜欢争演青蛙王子（可他们并没有因此而不怕疥蛤蟆）！还有一次，王海涛从滑梯上摔了下来，正好摔在了马爽身上，可是马爽没哭，也没有去告诉成阿姨，那天下午王海涛给马爽带来了一只不大不小的红苹果！

所以，当王海涛把手中袋子里的一只幼蝉抓起来递给马爽时，马爽毫不犹豫地接过来了。马爽把这只脊背弯弯，有点发红、发黄又有点发黑，还带着点泥土的幼蝉放到了自己的袋子里。

王海涛还想再玩一会儿，可是终于被家长拧着耳朵拽出了树林。于是，马爽再面对谢春华、姚要明和李建国时，就拥有了足够炫耀的底气。

“快看！”马爽冲他们叫，“我自己也捉到一只！”等他们奔过来，马爽就势指着脚下的一个小洞说：“就是这个小洞！刚才我看见这个小洞，没想到用手指头越抠越大，后来就捉到这只大肥虫！嘿嘿……”

众人的眼光闪亮起来！马爽得意极了。姚要明有点不甘心，他甚至弯下身来，朝着马爽刚才指着的那个小洞里再次用食指抠了起来。

“咦？”姚要明突然喊，“好像里面有什么在动呢？”

马爽立即警告说：“别是疥蛤蟆吧？这个洞那么大，早就被我挖过了！”

姚要明吓得立刻拔出手指，随着众人往后撤退。“你真的挖过了？”姚要明质疑马爽。

马爽心里有点发虚。他哪里挖过呢？只不过他看到地上的这个洞明显已经张大，以为早有人挖过了，所以才编造了刚刚那一番话。

“不行，我觉得那就是一只蝉！”姚要明说着又跪到了地上。不过这一次，他不用食指挖土了，而是就近找来一块碎玻璃碴，很快就把小洞附近的泥土翻挖开来。

果真是一只幼蝉！

这只围裹在厚厚泥土中的幼蝉，够肥够大！掸去其身上的湿土，马爽能清晰地看到它脊背上泛起的青光。

“原来一个洞里有时候能挖到两只幼蝉呢！”谢春华兴奋地喊叫。除了失落的马爽，他们几个又跪在地上对着那个小洞仔细研究起来……

那晚他们跟着赵姨、崔叔等大人走在回家的路上，姚要明和李建国不断对马爽软硬兼施，目的只有一个：“反正你又不在自己家里面住，没人肯为你炒幼蝉吃，你还是把你的那几只交给我们吧？到时候我们家炒了，可以送给你几只吃！”

马爽坚决地摇了摇头。

马爽虽然暂时住在赵姨、崔叔他们家，而且赵姨、崔叔把捉来的幼蝉都已经分给了他们几个，显然光马爽手里的几只是吃不着的，还不够油钱呢；但马爽依然紧紧攥着手中的塑料袋子，仿佛里面哧哧乱爬的不再是幼蝉，而是他那些乱扯乱爬的心思。

马爽一到赵姨、崔叔家，就迫不及待地上床了。不过他怎么也睡不着，手里紧紧攥着那个塑料袋子。等他将里面的幼蝉一只一只放出来统统在床单上爬过了，玩过了，才又把它们一一放回到袋子里。嘿嘿，马爽一边玩一边笑，这些幼蝉可真笨！它们的样子那么好笑，可为什么动画片里总没有它们的形象呢？忽然，马爽从床上爬下来，穿过客厅直奔屋外。

“干什么去？这么晚了！”赵姨、崔叔警觉地问。

“尿尿。”

“尿尿屋里有尿盆，这么晚了不许出去！外头有赖老婆鬼，专拐小孩儿！”

马爽步子稍有迟疑，但还是没有停下。“我不，我就站在门口尿……”

赵姨、崔叔总算默许了。他们正端坐在立橱前吃药，他们家总是喜欢大把大把地吃药，马爽曾想问他们也要一点药吃，可他们极其严厉地制止了他。以前赵姨、崔叔的儿子崔刚刚也总是吃药，还总是喜欢站在屋门口尿尿。崔刚刚的尿柱能滋得很远很远，以至于他家对面小棚的牛皮纸上都被晒出了一层厚厚的白碱！要不是那年夏天崔刚刚被西河的洪流卷走了，马爽很想现在再跟他比比究竟谁尿得最高。

马爽就是趁这个机会溜走的。他没尿，也没穿鞋，但他跑得飞快，像风。幸亏也只有二十多米的距离，他敲开了谢春华的家门。马爽对着谢春华高大威猛的母亲紧张得语无伦次：“这是谢春华的！”

说完马爽把盛幼蝉的塑料袋甩下就转身飞跑。刚到屋门口，马爽就听到赵姨变腔的质问从屋里传出来：“马爽！马爽？！你尿完了没有？”

马爽急忙褪下裤子。等赵姨趿拉着拖鞋奔出来，他已扭起屁股，滋滋地扫射起来。

现在，马爽就站在幼儿园墙边的几棵树下，脚已经麻了，却仍然不肯回家。就在刚才，他从王海涛家的床底下爬出来——他们在那里创建了一个秘密地洞。床底铺一张小凉席，放两个小枕头、一张小毛毯，床板上倒挂一个小手电。好了，一个“秘密地下卧室”就建好了。他们在那里开着手电筒玩了一个下午的游戏。马爽从王海涛家出来时就隐约听哪个过路的大人说，父母和妹妹回来了！马爽很兴奋，同时又感到一阵阵的委屈。他才不管那个大人说的是真是假呢，他听不得父母回家，他的委屈像一条小河开始在心里泛滥。

但马爽没哭，同时也立即决定不马上回家！那么多天不见，看看父母究竟是不是已经把自己忘了？马爽想到这里眼泪几乎要冲出眼眶了，却又被自己逼了回去！马爽立即感到自己特别坚强和勇敢。他就是不回家。谁叫他们丢下他出去那么多天？谁叫他们只带妹妹去大城市医院？马爽觉得这个问题性质很严重。他很生气。他两腮发酸，偏着脑袋慢腾腾地走在巷子里。

马爽就是这时候遇见谢春华、姚要明和李建国他们的。这让马爽非常高兴，仿佛遇到了故交、知己或救星。他愉快地走上去。

还有更加不可思议的事情。马爽亲眼看见李建国手里竟然拿着一块西瓜！

马爽立即感到浑身涌起大片的清凉。初秋的傍晚已经很有些凉爽。这个季节，恐怕谁家也很难再吃到西瓜了。而李建国手里偏偏就端着这样一大块西瓜！马爽感觉自己喉咙里像燃起了一把火，又像有一把锋利的小刀在那里来回地割呀割，把喉管都割破了。

“马爽，你吃吗？”李建国看见马爽，高高地仰起西瓜来打招呼，“我爸从部队回来给我买的！”

马爽脑子里立即闪出了那个身穿军装、吹口琴像刷牙一样的大人。听说他还是个营长呢，营长！

马爽的口水不知不觉滴了出来，连成一串，想收已经来不及了。

“马爽，你流口水了！”谢春华笑着大声喊。

“马爽，你一定想吃西瓜吧？”姚要明也笑着问。

“我没流！”马爽争辩，“你们吹牛！你们才想吃！”

“哼！”谢春华忽然一脸不高兴地转过身走了。

“走喽，回家吃饭去喽！”姚要明也紧跟着谢春华跑掉了。

马爽再去看李建国，李建国正焦急地左顾右盼，他也喊了声：“等等！”顺势胡乱地啃了几圈西瓜，将瓜皮一丢跑掉了。

马爽顿时感觉被遗弃了，沮丧极了。他搞不清楚说不想吃西瓜也不对吗？难道非要当着大家的面向李建国要一点西瓜来吃，才不让人讨厌？父母说过不许随便向别人要东西吃，况且就是要了，李建国会给吗？那也不一定！还有，流口水真是没办法的事，有谁能管住自己嘴里的口水呢？谢春华今天是怎么了？他们今天都怎么了呢？

马爽呆呆地站在幼儿园边的几棵老杨树下，一会儿抬头望天，一会儿低头看地，但眼睛的余光没有离开过墙角的那块西瓜皮。

那是一块青黑色相间的西瓜皮，黑色的条纹像是被一把钢锯颤抖着拉出来的曲子。西瓜皮胡乱地歪在墙角，咧着鲜红的大嘴，暴露出几颗漆黑的牙齿。

马爽盯着那块西瓜，渐渐感觉它像一块烧红的砖，烘烤着自己，折磨着自己。马爽一时和那块西瓜皮展开了暗中的对峙。

马爽的心越跳越快，突然有了一个大胆的想法！

可是，现在还不行。还得等待天黑。只有天黑了，才可以。

可天怎么还不黑呢？天真不了解马爽的心思。天可真是的！

平时这个破破烂烂的小家属院，早就空空荡荡的了，可现在哪儿来的那么多人呢？讨厌！马爽紧张地竖起耳朵，活像一个侦探。好像还有人哭！哭什么哭？谁家又在吵架了？难道大人们就不知道干点正经事情吗？

天地之间终究还是消静下来了。

看似慵懒疲倦的马爽突然像只兔子一跃而起，飞快地抓起那块西瓜皮，迅速消失在了巷道深处。

马爽先是鬼鬼祟祟跑到家属院集体使用的自来水管前，反复仔细清洗了西瓜皮，然后用手一点一点，轻轻抠掉瓜皮上仅存的一点红瓤（马爽闻着它们似乎有点臭，那可是李建国的臭嘴啃过的），再用双手小心地端着湿淋淋的瓜皮，像小心地捧着一块象牙玉，歪歪扭扭地向着家里疾走。

令马爽大为吃惊的是，他根本就进不了自己的家了。

马爽家里已经被大人们围绕得水泄不通。马爽看见了赵姨、崔叔。姚要明、谢春华他们的父母也来了，李建国穿着军装的营长爸爸也来了。他们都站在自己家门口，像一群夜宿未宿的鸟，纷纭地叽喳着。

马爽想往里面挤，却被铁板样的大人坚决挡在外面。赵姨、崔叔一看见马爽就用力将他往外推搡。

崔叔对马爽说：“好孩子，你出去，先回我屋里睡觉！”

马爽说：“我不，我回家。”

崔叔说：“不行！快去睡觉，要不你爸揍你！”

马爽盯着崔叔布满血丝的凶巴巴的双眼，突然打了个寒噤。他有点怕。

马爽说：“我还没吃饭呢。”

崔叔说：“待会再吃，先回屋睡觉！”

崔叔说完又推搡了一把。马爽一个趔趄，西瓜皮都险些掉在地上。马爽很生气，但他盯着崔叔转头又凑到人群中了，只好一个人低着头向外走去。巨大的委屈和前所未有的饥饿笼罩了他的全部身心。

马爽家住在一条很长的巷子里，一排二十几户人家像是狭窄的鸽笼被拥挤成密集的一排。马爽走着走着，忽然看见姚要明正站在自家门槛上望自己。

“马爽，你们家怎么了？”姚要明问。

“没怎么，我不知道。”马爽说。

“咦？你手里拿着什么？”姚要明又问。

“我爸给我妹买的西瓜！”马爽的声音很小，但脸却烧起来。

马爽说完了，头也不回地继续向前走。

“马爽，你手里拿的什么？”这回是李建国，他也站在自家门槛上，手里攥着他营长爸爸的口琴。

“我爸给我妹买的西瓜！”马爽说。马爽说完了，开始小跑起来。

他再也不想跟姚要明和李建国说话了。可就在马爽快要跑到崔叔家门口时，却迎面遇到了袅袅娜娜走来的谢春华。

谢春华换了一身翠绿色的纱裙，通红的凉鞋，箍了两个小辫儿，脸上好像还涂了胭脂，鼻梁上方贴了一个纸做的小红圆点。像哪吒。

“谢春华，你去哪儿？”马爽站上崔叔家的门槛问。

“去你家呀，我爸爸妈妈都去你家了！”谢春华歪着头说。

“去我家干什么？”马爽问。

“看你妹妹！”谢春华说。

“我妹妹有什么好看的？”马爽说。

“咦？”谢春华好像突然发现了新大陆，“你手里拿的是什么东西呀？”

“我爸给我妹买的西瓜！”马爽说。马爽已经连续说了三遍了，其实他不想再这么说了，可他还是没想好该怎么说。

谢春华的小嘴很快就噘起来，就像朵通红的小喇叭花，一下子怒放了。

谢春华说：“马爽，我从今天起不和你玩了！”谢春华说完，蝴蝶一样地飞走了。

马爽一个人瓷在那里，有些发愣，有些失望，但又无端地有些得意。直到他一点都看不到谢春华的背影了，才低下头来认真咬了一口西瓜——确切点说应该是西瓜皮。西瓜皮有点涩，有点脆，并没有想象中的美，但马爽啃得很仔细、很投入，很有点像李建国的营长爸爸吹口琴的样子。

等马爽把西瓜皮啃得半透明的时候，屋外的夜色终于纷纷扬扬像落霜一样披挂下来。

回　报

临出门前，老婆出奇的温柔，老齐心里很矛盾。

老婆说：“这次就全靠你了，相公！”

老齐起了一脊梁鸡皮疙瘩，边换拖鞋边仓促地回应：“哦，我试试！”

老婆又说：“见人三分笑，开口多说好，为了我和这个家，你就牺牲一回吧！谁让这事儿这么巧！”

老齐皱了眉：“那万一要是不行……”

老婆说：“还没去，就说不行？这点事儿，你只要去，就准行。”

老齐还犹豫：“那不一定，不是一回事儿。”

老婆嗓门大了：“你就放心去吧，按我嘱咐的办，成不成回来我都犒劳你！”

老齐终于穿戴整齐，却还在门口磨蹭。不料老婆上来一个拥抱，外加一记热吻，搞得他晕头转向纠结重重地出了门。

老齐是岷山社区的一名片警。别看平时穿警服进社区，动嘴皮子调解纠纷头头是道，可今天换了一身笔挺的西装，去一个陌生人住的宾馆里做客，竟然无比紧张！

老齐去哪儿？干什么？至于吗？事情还得从半月前说起——

半月前，县环卫局人事变动和编制调整，决定为一批工作多年的非正式合同工转正，同时解聘剩余不够年限的工人。老齐老婆就差一年，很不幸被 PK 回家。

民警老齐是二婚。老婆从农村出来的，年龄还不大，原本有个班上着感觉挺好，可这下就跟掏了魂儿似的浑身不自在。

再说家里突然少了份收入，叫谁也不舒服。

老婆心情不好，老齐却无能为力。老齐这辈子帮人无数，可自己却有很多事都没办利索。为啥？——老齐不愿意求人。感觉穿着警服求人，格外低人一等！

那些天，每到傍晚老齐就陪着老婆去遛弯儿。老婆情绪不对不愿说话，老齐陷入回忆沉思不已，两人能默默走了一两个小时，直到夜深了才回家。

那个周末，他们往家走时已过了十点。街上行人稀落，路边灯火暗淡，倒是有几个池塘里的青蛙，还在不知疲倦地叫唤。

突然，老齐停下不走了。

老婆扭头看，老齐悄悄招招手没说话，另一只手立在耳朵边，专心听着四周。

老婆向来胆小，小声问老齐："咋了？"

老齐说："你听，好像有动静！"

老婆寒毛直立："啥动静？大路边的……"

"像是有人。"说完老齐就往路边草丛里走。老婆却在背后喝住他："你犯什么毛病？我怎么没听见，人家要是谈恋爱的非跟你拼了不行！"

老齐回过头来，一脸紧张："不像是谈恋爱的，像是有事儿！"

老婆问："有事儿早喊救命了，用得着你管？你快给我回来！"

老齐没回来，他很少不听老婆的，可这次是个例外。

老齐把老婆独自晾在大路边，一等就是半个多小时。最后，他背着一个湿漉漉的男人从池塘深处爬了出来。

老婆惊呆了，听老齐说才知道，这人掉进池塘里，幸亏离岸边不远，水正好淹到他下巴沿儿。这人西装革履却浑身酒气，准是喝醉了想到池塘边解手时掉下去的。

这么偏的地方，又是这个点儿，如果不是老齐警醒施救，后果真不堪设想！

老婆见老齐累得够呛，对男人既佩服又心疼，赶紧拨打120急救电话，两人一起把醉汉送进了医院。

这事儿本就这么过去了。可一周后，老齐去派出所开会，老远就看见所玻璃门上糊了一张大红纸，走近一看，是封感谢信，正是那个被救的男人写来的：

我不知道你是谁，可我知道你是个好人；我不知道你的名字，可我听说你是一名派出所民警。我不是想写封信表达感激的心情，我的心情是无法表达的；我可能也不是你救过的第一个人，但这却是我第一次切身感受到生命的可贵；我现在的命是你给的，我的家庭是你救的，我的未来不管好与坏、成功与失败，我都想找到你、认识你、记住你，希望你能和我一起分享今后的喜悦和收获……

老齐觉得这人写得挺好，挺有文化的。事后听同事议论才知道，这人还大有来头，竟是刚从外地调过来分管全县文化卫生的年轻的副县长。

老齐一阵唏嘘，没暴露自己。回家无意中说起，老婆嗷一嗓子就尖叫起来："老天爷总算开眼啦！这人不就是解决我工作的大救星吗？真是一报还一报，机不可失！"

老齐很晚了才回家。

老婆打着瞌睡把他从上到下瞅一遍，也没看出个所以然。

老婆问："去了吗？"

老齐答："去了。"

老婆问："说了吗？"

老齐答："说了。"

老婆问："成了吗？"

老齐答："没有。"

老婆问："那你怎么说的？"

老齐答：“我先咔敬了一个礼，然后说，所长，我老婆下岗在家快憋出病来了，咱社区少个内勤，让她去行吗？所长说，夫妻警务室？很好嘛！”

老婆哭笑不得：“我让你找县长，你去找所长？不过，总算是谋了份差事！”

老齐满脸疲倦：“啥呀，这些话也是我对着县长住宿宾馆的大衣镜自说自演的，所长家我也没去，都开不了口……”

炸　狐

雪下了一夜，风刮了半宿。

早上起来，屋檐下悬一串冰溜儿，满世界一片灿白。

天寒地冻，对猫在山旮旯里的麻村人五奎来说，正是出门炸狐的好日子。

要说五奎也不是不想窝在热炕头，和老婆通通腿儿、拉拉呱，或喜滋滋地咪溜着几盅地瓜干儿白酒解解乏。山里人累死累活了一年，也该歇歇了。

可五奎有五奎的盘算。

五奎要忙活着出门炸狐。

麻村北山，一到冬天，野狐成患，成群结队浩浩荡荡地翻山越岭。灰狐远看像蹿动的风暴，红狐像飞翔的火焰。冰天雪地，它们是着急出来觅食呢。五奎对它们足迹的熟悉，就好像看老婆手指头肚儿上的斗和簸箕。

五奎是村里公认的炸狐高手。

五奎之所以炸狐，这里头还有个小道道儿。

五奎乃村里有名的孝子，全村数他爹年纪最大，一百零六了。因此五奎每次喝酒必邀老爹一块儿，上就上最好的下酒肴儿，一喝三天整。爹年纪大了，唯一的爱好就是抿点儿小酒，或由一只很老很老的黑狗陪着到坡里地头转转走走。

爹在村里是个宝呢。五奎的下酒肴儿又怎么能简略？

在麻村，别人喝一天酒，兴许只就半小碟咸菜，或一两个炸得煳里煳气的小辣椒。甚至有传得更悬的，说谁在家喝酒，屋里没舍得掌灯，下酒菜是上顿剩下的半条蚂蚱腿。那人每喝一盅，捏起蚂蚱腿在嘴里舔一舔，愣是喝了半宿。下半夜，许是醉了，手一松，蚂蚱腿掉了，赶忙趴地上摸索，等摸着了也骂上了："狗娘养的还能叫你跑了？明天三顿还全指望你哩！"第二天，这人嘴唇乌黑泛紫，肿得如猪嘴巴子，老婆凑近盘子一瞅，吓坏了，男人舔了半宿的菜肴竟是条蜈蚣！

扯远了。

再说五奎的下酒肴儿：二荤三素。在麻村，小葱、香椿、桔梗三样儿素，只要人勤快，都能种得收得。而二荤，炒山鸡和炖狐肉却不是人人都有口福的。尤其是这狐狸肉，冬天尤肥，扒了皮毛，用砍刀剁巴剁巴，扔大锅里添足了柴煮，香味能把人魂儿都勾没了。

可毕竟捉狐得有绝活儿！

首先雪下三尺深的时候，五奎就早早下炕悄悄出门了。五奎是外出看道儿呢，看那些花里胡哨的狐狸们夜里走的哪条道儿。

将那些梅花似的一枚枚小脚印牢记在心。

其次，五奎就开始把自己关在屋子里炮制那些“炸肉丸子”。五奎先自制一些土炸药，然后用桔梗叶一包，丢进冷却的肉汤里一滚，再捞出来，放到天井里，任其冻成一个女人拳头大小的“炸肉丸子”。

最后，等雪终于消停，五奎就带着这些“肉丸子”迈着大步上山了。众所周知，狐狸大都沿着固定的道道儿走，五奎就按牢记在心的狐迹撒下颗颗“肉丸子”。等这道工序完成了，就迅速掉头，脚印摞脚印地往回走。不是怕冷忙歇息，而是回到炕头上专心竖起耳朵来听动静。

有时候，一夜里，漫山遍野能响二三十炮。想那饿狐见了肉丸儿，就跟见了亲爹似的，扑上去张嘴就咬，结果就被炸飞了下巴。第二天，五奎自然收获颇丰。肩上扛的、手里拖的，全是沉甸甸的狐狸。

可也有时候，撒出去的“肉丸子”一颗颗见少，但响声却寥寥无几。这时候，五奎凭经验就知道是遇到老狐狸了，它们有的径直将“肉丸子”含在嘴里，却不撕咬，直到找块僻静处扒土埋掉。但它们记性又出了奇的好，等来年哪天饿昏了头时，会再扒出来安全地吃掉。

甚至有时，狡猾的老狐狸一见附近的人脚印即会望而却步，改道儿而行！慢慢地，五奎也就摸索出了在雪地上单步行走、掩埋脚印和在雪地里滚掷“肉丸子”。

总之人跟狐斗，最终人还是要远远胜出一筹的。

有一年，赶上荒年，麻村老少吃饭都极难。五奎在山上冒雪猫了三天，瞅准一只狐头，一心要炸趴它回来炖肉。

五奎雪后顺路撒下好几枚“肉丸子”，专心回家等动静。

结果第二天，就听见野坡里一阵爆响。五奎兴奋地赤脚蹿上山去，却发现咬了“肉丸子”的根本不是狐头，而竟是他家的那只老黑！

老黑默默无闻跟了五奎爹大半辈子，没想到竟就这么去了。

说来也怪，五奎爹本来身子骨好好的，却因为老黑突然没了，一下卧床不起，没几天竟也撒手而去。临走，爹嘱咐五奎，把他和老黑埋一块儿，路上好做个伴儿。

五奎流着热泪埋了老爹。自此便断了炸狐的念头。

扫 荒

扫荒说白了就是逮蚂蚱。逮蚂蚱为何不叫逮蚂蚱而叫扫荒呢？这还得从麻村南坡疯长的油草说起。

麻村南坡，地势平缓，光照十足，每年遍地长起一种能漫人腰际的荒草，也叫油草。这种草秆细枝蔓，生得繁茂，长得密集，根茎浑黄饱满，又耐干旱，活力足，像能榨出黄油来的作物似的。麻村人最喜欢割了油草烧火做饭，旺啊！当然最神的，还是油草能招蚂蚱。

油草招来的当然也不是普通蚂蚱，而是油蚂蚱。油蚂蚱有人也误叫牛蚂蚱，其实无论怎么叫，人人都能从字面上看出这种蚂蚱一定是个儿大、肉多的美味来吧？

油蚂蚱不只个儿大、肉多，而且外表青黄，喜欢油草而又跟油草相像，且不爱飞跳，十分难找。要逮油蚂蚱，不拿荆条或树枝把它们扫出来，怕很难逮到。这就好比钓鱼要提前“打窝子”，捉鸟要事先“下套子”，要逮油蚂蚱，就得先把它们扫出草棵子来才行。

所以在麻村，逮蚂蚱（其实是逮油蚂蚱），也叫扫荒。

“二狗子，干啥去？”

“扫荒去，逮它几个油蚂蚱下酒！”

“三叔，扫荒去吧，闲着也是闲着！”

“走，上南坡！”

“扫荒去喽！走喽！谁去晚了没有喽……”

你听，你听听，村里不时就有人吆三喝五地跑去南坡扫荒。那个年月穷呢，不像现在，蚂蚱被成碗成盘地端上酒桌，筷子都不怎么想动。那时候一人逮它十几个油蚂蚱用油草一穿，到家丢锅里使油一炸，那个酥啊、脆啊、香啊！你吃过吗？没有？那太遗憾啦。

过去，一到秋天，赶上好天，麻村人男女老少都要去南坡忙活。男人刨药，女人割草，老人放牛放羊，娃子们满山乱跑，不过，所有人都能忙里偷闲扫它一阵儿荒，逮它几串油蚂蚱。漫山遍野里，人语喧响，笑声起伏，简单而又快乐，繁忙而又充实，此情此景若是让一个写实主义画家亲眼目睹了，准能作出一幅热闹生动的好画来！

麻村扫荒时的故事，能有一箩筐，这里单讲五奎家里那个。五奎媳妇宝莲是从外村嫁过来的，可不容易。那时候谁家有闺女不愿往富裕点的地方嫁？可五奎就有那个福分，生在穷地方，却赶集时认识个俏姑娘，一来二去真就领回来了！

可麻村人也只羡慕了几天。宝莲的肚子老不见动静！在过去，这还了得？五奎脸上就挂不住了，就吵。甚至还动手打宝莲。幸亏宝莲性子好，只是偷偷躲在灶前抹眼泪。

有一天两人再去南坡。五奎刨药，宝莲割草，周围都是些活蹦乱跳的扫荒的光腚娃子。宝莲割着油草，听着娃子们的叫闹，心情渐渐沉重，竟觉得也有把镰刀在心底一刀刀地狠剜！宝莲眼泪就止不住地流了个痛快，眼前一片模糊，连油草根扎人钻心的疼也顾不得了。

突然，宝莲看见镰刀底下猛地蹿出个大个儿的油蚂蚱！这油蚂蚱大得出奇，遍身青黄，饱满多肉，肚皮泛白，兀自在镰刀底下挣扎跳跃个不停，宝莲赶紧擦干眼泪，就手捉住了，起身去找五奎。

五奎也在扫荒，听见宝莲喊："哎，我逮了个大油蚂蚱！"迈腿就往这边来，却早有一群光腚娃子急巴巴地跑上来争抢。"看！"宝莲兴奋地举起油蚂蚱，一个娃子接去却立即哇地一声惨叫！宝莲摇头笑问："大吧？吓着了？"

五奎快步走到跟前，捏起大油蚂蚱细看，不料竟也啊地一声惨叫丢掉！径直拿两眼紧紧盯着宝莲。宝莲被盯得发毛，想问这是怎么了，一个大男人还怕蚂蚱？低头一看，这才发现，躺在地上的哪里是什么蚂蚱？竟是自己一根断掉的小拇指头！宝莲眼前一黑，就跌倒在地。

村人火速把宝莲送往乡卫生院，后又转院，无奈路太远，又不通车，虽经全力抢救，手指仍没能保住。醒来的宝莲却没觉得伤悲，还朝着五奎笑。五奎却在病床前捂头痛悔，大骂自己以前是混蛋！宝莲听着听着眼泪又落下来了。她忽然明白，五奎并不是不疼自己啊，他太想要孩子了！

可喜的是，这次住院并没白住，宝莲借机撺掇五奎一起检查了身体。结果两人都没啥大事，就是五奎有点小炎症。医生说，好治。

五奎就治了，结果回村没俩月，宝莲竟有了！

宝莲生儿子那天，五奎又去南坡扫荒逮了蚂蚱回来。五奎对宝莲说："吃点油蚂蚱补补吧，小指他妈！"

宝莲乜了五奎一眼，笑了。

放养

山里头，别的不说，鸟多。

比如说“哑篮子”，这鸟飞得极高，高得只见一个点儿，可叫起来抑扬顿挫，能勾人魂儿；比如说“滴滴水子”，这鸟极小，只有麻雀一半儿大，可叫声神奇，它“滴水——滴水——”地叫，那就是要下雨，它“晴天——晴天——”地叫，那离天晴就不远了；再说“黄毛篓子”，叫起来就更是如丝如簧，悦耳无双，恐怕要算是山里头长得最耐看、叫得最动听的鸟啦！它怎么叫？“黄毛篓子吃樱桃——黄毛篓子吃桑葚子——”大体就是发这种音，长不长？好听不好听？尤其在春天，尤其刚下过雨，你若能在桑园里遇见几只黄毛篓子，听它们欢叫，说不定你都能长寿！

就说那年，五奎才十二。小孩儿爱玩、爱闹、爱蹊跷。有天跟着老爹上坡回家路过南福家时，突然拔不动腿了。老爹催几遍，仍是痴痴不动，老爹上去再一巴掌，直扇得他趔趄几脚，哇地放声哭出来。

爹问五奎：“你丢了魂咋的？不快走！”五奎哭着说：“鸟！”爹问：“什么鸟那么好看？”五奎用手指指南福家的院墙说：“黄毛篓子……”

爹就放眼望去。南福家的院墙很高，但屋子地势矮，窝在坡底下。爹这一望就望见南福老婆金花正捏了几只大油蚂蚱喂一只鸟。这鸟有瓷碗大小，浑身金黄，正乖乖蹲在院子里的一棵楂果子树上让金花喂。可不就是黄毛篓子？！

爹哈哈一笑说：“我心思是啥好鸟？不就是一只黄毛篓子！不稀罕！”五奎却喊：“爹，你快看，那鸟通人气儿！”爹再看去，果然那只黄毛篓子已经飞上半空，可当听到金花嘴里“车儿——车儿——”地几声轻唤，又乖乖飞回来，落在了刚才的楂果子树上。

爹蹙着眉说：“你要想吃楂果子那好办，我给你要去，想要那黄毛篓子，肯定没门儿！那是南福逮了哄新媳妇的！”五奎听了就很不高兴，他才不稀罕那种熟透了还发涩，必须得歪着脖子硬往下咽的楂果子呢，他就想要那只黄毛篓子！

爹见五奎继续发愣，天又擦黑，扭起五奎耳朵就把他拽回家去！

打这，五奎心里便有了那只能听懂人话的鸟。五奎曾多次趁爹高兴在他跟前哼嗡着要，爹却呵斥：“胡闹！你当黄毛篓子好逮？老窝专挑细枝儿做，扎得老高，你想要？我还想要呢！下酒是好玩意，只可惜爹爬不动树喽……”五奎听得直掉眼泪，一边两个姐姐却许愿说，等哪天让她们遇上了，一定给五奎逮一只黄毛篓子喂！

可许愿终没实现，姐姐们都嫁走了，轻易不回来。得等到哪年哪月？五奎就偷偷跑去了南福家。金花向来最喜欢孩子，就问五奎：“你真想要？你包准不养死了它？”五奎当即就发了毒誓：“谁养死它谁是王八！”于是，金花就让五奎站到院子里看着，她张开小嘴，两手一扩，又“车儿——车儿——”地唤起来。

听到呼唤的那只黄毛篓子果然就不知从哪里飞回来，还径直落在了金花手上！金花一把攥住它，告诉五奎这鸟是俩月前就被南福捉住养到现在的，养长了就能通人气儿！五奎千恩万谢地跑回家去。

可五奎万万没想到，鸟拿回去，刚一张手就扑棱一下飞到了院前的大柿子树上，任是怎么叫唤也不下来。五奎学金花逮了不少油蚂蚱回来引它，可它只是声声断叫，根本不理！

五奎急得没法，只好蹑手蹑脚爬上树把它逮住。一想起毒誓，又只得怏怏地给金花送了回去。

本来，五奎以为和黄毛篓子的缘分就到此为止了，谁想来年春天他和伙伴去北坡拾柴时，又在一棵大平柳树上发现了一窝黄毛篓子！别人都不敢上，可就五奎大着胆儿往上爬！树梢越来越细，晃晃悠悠，忽然，鸟窝里飞出了一只大个儿的黄毛篓子，来回在五奎身边扑打翅膀。大鸟被惹怒了！五奎后悔爬上来却又倒退不得，眨眼间就被大鸟啄了十几下，疼痛难忍。伙伴们都吓跑了，只剩下五奎绝望地喊着“娘啊！救命啊！”可深山旷野，谁又听得见呢？

五奎终于够到了鸟窝，用手指颤巍巍地夹出一只幼鸟来，可随着咔嚓一声爆响，平柳树梢断裂，五奎被重重地摔在地上……

等五奎醒来，已是第二天清晨，奇怪竟没怎么受伤。五奎睁眼第一句话就问：“我的黄毛篓子呢？”娘说：“别提了，一直不吃食，大黄毛篓子也跟来了，从昨天到现在一直在柿子树上叫！”五奎望向窗外，果然就看到一只大黄毛篓子在细密的树枝间急叫：“黄毛篓子吃樱桃——黄毛篓子吃桑葚子——”

五奎心忽然就软了，赶忙对娘喊：“快放了小黄毛篓子！叫它娘也回去吧！”

五奎想，自己在最危险的时候想到的是娘，小黄毛篓子也一样啊！他不但要叫娘放了小黄毛篓子，还要上南福家去，瞒着金花把她的那只也要过来放掉！

金花站在天井里，“车儿——车儿——”地一阵呼唤，黄毛篓子果然又从远处飞落到了楂果子树上。

可这一回，还没等金花和五奎反应过来，就忽然有一只大狸猫从树顶蹿下来叼住了它，飞快地逃远了。

滚鸡

说是滚鸡，其实滚的不是鸡。是一种本地人称作草山鸡的鸟儿。

天一立秋，那些家伙们就成群结队遮天盖日地朝着麻村南山扑落下来。而此时，以五奎为首的麻村人就开始坐在天井里拾掇鸡笼子了。

鸡笼当然是专为滚鸡用的。一色的嫩荆条编成，比一般鸟笼大，和二十九英寸彩电外形差不多，正上方拴一个铁丝吊钩，吊钩两侧是两个用柳条扎成的竹筏样的小门。小门仰天朝上，只一头用草绳系了，利用杠杆原理在下方坠两块碎砖头，名曰：坠石。这样，两面柳条小门就布成了两个陷阱。

草山鸡这玩意儿，花花绿绿，伶伶俐俐，个头如拳，叫声清越。一飞一大片，一落一大群。入秋时节来，过冬之前走，捉了来，用砍刀剁成碎肉，煎了、炒了，香味能飘散好几个山头。

草山鸡吃得挑剔，爱啄高大柿树上成熟的红柿子，也爱叼草棵里一种名叫滚珠的果子。滚珠藤像迎春，果子一结一簇，非常密集，一颗颗像红透了的小草莓。如果哪年草山鸡来得早，树上的柿子尚未熟透，那这种红彤彤的滚珠就是草山鸡们最爱的美味了。

所以，五奎他们总喜欢采了滚珠系在鸡笼两面小门的内侧，专等草山鸡来啄。一旦它们扑扑啦啦从天而降，争先恐后地扑到笼门上来啄滚珠，那么两面小门就会唰地一声塌下去，将草山鸡们一个不剩地滚进笼子里！这时候，它们惊恐万状欲再做挣扎顶撞，却已无济于事，因为小门早已因坠石的拉力关得严严实实了。

当然，麻村人五奎捉草山鸡还有很多种方法，比如用网拉、用盆扣、用枪点，但时间一长，它们就精了，上套儿的少了。

在麻村，五奎之所以是一个捉草山鸡的行家，原因是他脑子活，肯费心思琢磨，还舍得下工夫。五奎怎么捉呢？他通常在每年立秋之际，先用粘网拉住零星的几只草山鸡，再从这里面精选出一两只羽毛成旧砖墙色的，特别能跳、能叫的，当“鸟引子”。麻村人又管这类鸟叫“护子”。这护子一旦进笼，就像浑身生了刺，躁动不安，蹿跳不停，叫声也格外响亮，往往刚把它们放进笼子，天上云彩厚的草山鸡就扇棱着翅膀扑下来了。甚至，五奎还试过，不在笼子上放滚珠，单靠护子引，就能惹得草山鸡成群成片地下来就擒。

不忙时，五奎老婆还会搭把手，帮五奎用长竹竿将鸡笼挑上高高的柿树，而五奎则躺在草棵子里一睡就是大半晌。暖暖的秋阳盖在身上，就像一层绵软的毛毯。

麻村有二百来户人家，按一半人家有鸡笼、家家十个算，那麻村得有两千多个鸡笼子。如此一来，一整个秋天，麻村人要吃掉数以万计的草山鸡。

早几年，麻村人短菜。五奎家就专门拾掇了草山鸡腌起来，伺候客人。甚至乡里来了人，听说草山鸡口味一绝，都要由乡干部领着进村找五奎去。五奎的脸上就很风光，赶上时节了，他还会提起鸡笼子现去山上滚活的回来下酒。

就在去年，乡里突然来了通知，说让麻村人去乡政府领钱。村人欢天喜地地去了。一问才知道，钱是某个动物保护协会出的。协会方面说草山鸡系稀有鸟类，每年秋天南飞途径麻村南山作短停觅食，请村民们不要捕杀。

五奎第一个扭头走了。有领了钱的，回村即被五奎骂了个狗血淋头。五奎点划着那些人的鼻尖吼："混账！保护稀有动物人人有责，怎还能拿钱？！"被骂的人恍然大悟，赶紧回去退了钱。

转年立秋，大群村人早将此事忘到了九霄云外，抗着竹竿、提着鸡笼再奔南山时，猛然发现队伍里少了五奎的身影。去约，又被骂个人仰马翻。五奎扯着沙哑的嗓子喊："保护稀有动物岂是一朝一夕的事？那需要连续不断地坚持、努力！现在日子好了，眼看草山鸡也一年比一年少了，行行好，都回去把笼子挂起来，让它们安心在这儿安家落户吧！"

村人哑然。年尾村委改选，五奎顺利当选。

五奎干村长，一改往日的邋遢懒散，而是作风正派，雷厉风行，切实尽力为村里干了不少实实在在的好事。走村串户的五奎，还有个经常爱到村人闲置的西屋里转转瞅瞅的习惯，一边指点着那些个蒙了厚尘的鸡笼，一边感叹说：“摘下来擦擦吧，扎这玩意儿不易，留着以后哄孩子玩嘛！”